厦大附中"校园写作·润泽生命"丛书

数绵羊

张 铃——著

海峡出版发行集团 | 海峡文艺出版社

图书在版编目(CIP)数据

数绵羊/张铃著. — 福州:海峡文艺出版社,2021.5
(2021.9 重印)
ISBN 978-7-5550-2657-0

Ⅰ.①数… Ⅱ.①张… Ⅲ.①中国文学—当代文学—作品综合集 Ⅳ.①I217.2

中国版本图书馆 CIP 数据核字(2021)第 093086 号

数绵羊

张　铃　著

责任编辑　莫　茜
出版发行　海峡文艺出版社
经　　销　福建新华发行(集团)有限责任公司
社　　址　福州市东水路 76 号 14 层
发 行 部　0591—87536797
印　　刷　福建东南彩色印刷有限公司
厂　　址　福州市金山浦上工业区冠浦路 144 号
开　　本　889 毫米×1194 毫米　1/32
字　　数　170 千字
印　　张　7.125
版　　次　2021 年 5 月第 1 版
印　　次　2021 年 9 月第 2 次印刷
书　　号　ISBN 978-7-5550-2657-0
定　　价　52.00 元

如发现印装质量问题,请寄承印厂调换

聊一聊：
一个选择困难重症患者的独白

OK，摄像老师再把摄影机左移一点。好，差不多。灯光老师可以把灯调暗一点，加一点暖光——欸，谢谢，完美！音乐老师麻烦进一下音乐。等等等，等我手势啊。

三，二，一。深呼吸。

我们开始咯。

Q：各位亲爱的读者们，欢迎来到小章鱼小铃的直播间。今天的节目我们很荣幸邀请到了本书的作者小章鱼作为我们的嘉宾参与访谈，让我们送朵鲜花鼓励一下！那么小章鱼，现在请你给我们的观众朋友打个招呼吧。

A：大家早上／中午／晚上好，我是本次栏目的赞助商兼总监兼编剧兼嘉宾兼等等等的新时代斜杠青年小章鱼。栏目初立，还请大家多多包涵。

Q：一定一定。我们这个栏目对新手是很包容的。嗯，那现在就让我们进入今天访谈的正题吧。今天的访谈内容是："聊一聊：一个选择困难重症患者的独白"。小章鱼为什么想拿这个作为访谈主题呢？

A：因为"选择困难重症"真的十分符合我日常的写作包括生

活状态啊。我常常和朋友吐槽，我妈生我的那一天一定是金星撞了冥王星，要不然好好一个天蝎座怎么会日日被天秤座的习惯支配。不过好在日常生活没有那么明显，偶尔纠结一下今天吃什么饭穿什么袜子，但是在写作的时候真的就受不了啦。在学校嘛，没办法时时接触电脑，而且我也不习惯用电脑直接写作，虽然键盘写作比较没有束缚感。但越爽的东西越危险，键盘敲击叭叭叭的节奏太带感，思路很容易"玩脱"；传统手写正好相反，翻页的时候你可能会下意识检查前面的剧情，确保后期修改的时候没有那么累。但这种谨慎的状态是近两年养成的。七八年级时候的我写作习惯很"暴殄天物"：直接写在本子上不打框架，不写草稿，不满意就撕掉。最后好好的本子都被糟蹋成了草稿纸……好在现在改了：写一个故事之前专门准备好一个本子打框架，作草稿，记灵感；还有一卷8M的修正带，一小本便利贴，便于随时添加修改。啊，好像扯远了？

Q：没有关系，我们可以言而总之一下。所以你所认为的选择困难症在写作上的表现就是对一篇文章的反复。

A：是的，反复纠结，反复修改，反复琢磨。其实有一点"钻牛角尖"了。对细节塑造要求会比较严格。

Q：有自己的一套原则？

A：嗯，算是吧。追求更好更适合。但其实哪一种版本好或者适合，现实还是讲求一个缘分。因为写作之中常常会碰到落笔前没有想到的点，而且改到最后有可能会发现还是原来的那一个更好。这也是我会喜欢上写作的一个原因吧：在创作过程中可以不断撞见新的可能。虽然一个人充当甲乙方确实有那么一些折磨。

Q：哈哈哈，那确实是。嗯，那现在让我们进入下一个问题吧（翻台本……）。接下来的几个问题应该算是写作者面对采访时的高频问题了（笑）。我们要不抓个阄吧，抓到哪个答哪个……让我们看看啊。第一个问题：你什么时候开始写作？请讲述你的写作历程。

A：开始写作啊……如果可以除去小学时隔三岔五揿凌晨四点的闹钟爬起"撰写""玛丽苏"写同人文小说的黑历史的话，那就是从上初一开始一直到现在吧。但比较严格意义上的"写作"还是在初二。整理概括大概三个阶段吧：任务式、灵感式、目的式。

Q：可以再具体讲讲吗？

A：其实我觉得每一个热爱写作的人，甚至把写作视为生活中不可割裂的一部分的人，应该都会经历任务式写作这样一个阶段。考场作文，日常小练。但是把这种任务式写作逐步转化为日常式，也就是所谓灵感式写作，想到什么写什么这样的，这里面被动转主动的行为模式，有没有一个合适的引路人，他是否会在你创作的时候不断地激励你鼓励你，我觉得是极为重要的。在这里我十分感谢郭培旺老师，感谢他对我的包容以及给予我的拙作中肯的建议。像《小小的你》《你是我的光响》，还有和乡土文擦边的《我怀念的自由》，都是比较早期的作品，现在回头看来也没有什么太特别的地方。但在郭培旺老师那里却收到不错的反馈。小孩子嘛，都喜欢被表扬。后来不知不觉间就越写越多，开始拿一些稿费和不大不小的奖项。可能无竞争不成长，也因为身边看我写的故事的人越来越多，恰好我这个人呢，又很爱面子，好出风头，好胜心强，就慢慢自己去摸索渠道想做得更好。附中虽然比较重视理科的培养，但文科上大大小小的赛事也没有被埋没。很幸运知道新概念作文大赛是一个极具挑战性的"项目"，所以那时候的我把它树为自己的目标（事实证明确实很难）并为之做出改变。

我研究了几期《萌芽》上的文章以及新概念比赛往届作品的写作路数，瞬间就觉得自己很渺小。我发现我所写的任务式也好，灵感式也罢，投上去完全没有胜算。所以在稳固并不断提升自己文字功底的前提下，我开始尝试写小说。《何七姑姑》可能是最早的一篇试验品，内容过于单一片面让它不出意外石沉大海。而这次初次尝试也给我带来不少"后遗症"：我更加沉迷于模仿《萌芽》的文风，同时又钻了"的地得能不用就用"的牛角尖，导致写出了像《黑猫》一类无法言喻、只好掩面尴尬笑的文章。好在郭师及时纠正，让我不要去随便修改自己的文风。其实当时我有些不服气，想要往外多加尝试；一方面精益求精确实也没什么不好，所以最终各取一半，耗时一个月写完了《灯光下》，第四次向新概念进军，结果有些出乎意料。

Q：为什么呢？是没有满足自己的期望？

A：不是。虽然它让我拿到了新概念的入场券，但是并不意味着我可以靠着像《灯光下》这样的文章一直走下去。我有每写完一篇文章，就同身边的人分享的习惯。但当我带着《灯光下》去找我的家人与朋友，并没有收到我意想中所要的反馈。

Q：文学性写作有时候可能的确是"仁者见仁智者见智"吧。

A：是这样，但是收到清一色"看不懂"的反馈对当时的我还是不小的打击。毕竟我不敢妄谈自己是一匹千里马。就算我是，只依靠等待伯乐出现的做法也并不现实。可能就是那时候吧，我开始意识到，我有必要写一点让别人可以产生与我交流的欲望的东西，将写作仅仅作为一个人狂欢的做法应该慢慢去告别了。我开始思考我的故事要写给什么人，如何才能引起他们的情感共鸣，同时又保留我自己与大众不一样的那一部分。将话说得漂亮又明白也是一项功夫。现在的我是远远不够的。

Q：你对写作有很多自己的思考呢。感觉上是有一种很明确的态度或者说理念在里面？

A：或许是吧，理念和态度谈起来好像都比较抽象欸（哈哈哈）。

Q：可以说说你的理解吗？在写作过程中，你所认为的应该抱有的理念或态度？

A：理念谈不上，态度……尽善尽美吧。在自己的能力范围内把每一个故事表现到最好，每一个人物在他们的世界里都能拥有一个相对自由的发展空间。我其实挺害怕把他们变成提线木偶，虽然会哭会笑，但不真实。

Q：你更愿意让你文中的人物自己说话？

A：是啊，但目前还在努力中。

Q：嗯，我注意到你提到了一个词：不真实。

A：是的。

Q：那故事的"真实"与"不真实"，你是如何去界定的呢？

A：其实我说的关于作品上的"不真实"，不是指故事虚构，那样与故事本身的概念就矛盾了。一个故事"真实"还是"不真实"，我的理解标准在于人物的情感表现是否脱离他背后的成长环境、社会地位等一系列逻辑。即便你说这个人物他是早熟的，在某些事情上他还是会表现出和他同年龄段的人的共同特征。你不能因为要体现一个十几岁少年的成熟稳重，就把他写成一个七老八十的人。我这不是"年龄歧视"啊。

另外一点，是我个人阅历的局限吧，让我更愿意去选择真实的，即我实践过的，或充分认识讨论过的事情，而且我有把握可以把它讲清楚。我不是没有尝试过写当下年轻人所中爱的素材，去触碰那些"灰色地带"。但是结果并不如人意。网络的发达对一个人眼界的影响是有限的。身为一名普普通通的高中生，社会上为你开放的空间也是有限的。你不得不被圈在各式各样的条框里。

其实写完《岁岁平安》后，我心里很没底。因为素材基本上是冒险尝试，这样的冒险便免不了在写作过程中贴标签、套概念与思维定式。虽然有朋友告诉我，他们很喜欢文中的某某角色，又或他们因哪一章节深受触动，我为此感到开心，但担忧仍在。毕竟整部小说的环境大都脱离我现实的生活，再怎么富有逻辑和充分的情感支撑，该缺的还是没有办法弥补。我没有办法保证，哪一天我的这篇文章被一位和书中人物恰好有相似经历的人看见，他们也会和我的朋友一样有所感触。尽管我的确在写作过程中有那么一些时候写得歇斯底里，但毕竟那是我的感动，是我理解的"真实"。

Q：嗯……我可以这么理解吗，你所说的"真实"，其实是希望自己能够活在当下？

A：可以说是这样的一个方向。不仅活在当下，还要把握当下。写未来谈不了的东西？感觉这样的说法有一点玄乎。这么说吧，写作很有意思，它让人很头疼的一个点就在于，它是会随着人的年龄增长而不断变化的。观念无法复制，所以才有那么多写作者热衷于将"灵感"挂在嘴边，对"怦然心动"的感觉分外敏感。我在家里作息比较自由，偶尔会因过于晚睡而半夜乍起。再次入睡需要一点时间，这段时间我就会胡思乱想一些东西。想到一个很有趣的点的时候，我就会起来，打开小台灯，扯一张草稿纸开始狂写，直到写不出来再倒下去睡。当然有时候代价比较惨痛，熬夜过的朋友们都懂（不要告诉我妈妈，我怂）。

Q：哈哈哈哈，好的。那我们进入下一个问题吧。

我们可以看到，你的作品的确很多取材于生活。再结合你刚才的想法——关于"真实"与"不真实"，似乎生活对你的写作产生了不小影响？

A：嗯，毕竟车尔尼雪夫斯基说过的嘛，"艺术来源于生活"。说到这个，我想起一件事。那天刚和我的一个朋友开玩笑，我说以后我要是有机会一定会好好报答她，因为她为俞景和汤杰（两个人物皆来自《岁岁平安》）的"憨批"属性做了莫大的贡献，让两个角色都憨得活灵活现。

Q：那写作对你又有什么影响吗？

A：写作对于我……我先说性格、行事风格和思维方式上的吧。写作会让我更谨慎一点，思考问题不那么偏执，推着我去找自己想要的东西。因为写作需要，我会去和别人讨论他的想法，关于这个世界的边边角角的想法，以前的我是不敢的。虽然现在的我在人际交往这一方面还是没有太突出，但相比正视写作这件事之前的确有不小进步（我好不谦虚喔）。然后，写作让我拥有"比别人多走一步"的意识，更加注重"话题"实践。比如疫情期间在家我关注"网络生态"，恰好有几件事在微博上闹得沸沸扬扬。然后我就做了一件很无聊的事：披各种各样的"马甲"，和他的对立派属掐架。有时候实在想不出什么不太文雅的思维模式，就复制一些人的言论四处轰炸。事后的感觉：又兴奋又羞耻……

咳咳，扯回来扯回来。之前讲嘛，我是一个很好面子、喜欢出风头的人，所以某些时候，"会写作"这个标签的确会让我觉得自己可能真的可以有一些不同。说一些很幼稚的话吧：少年都不甘平庸，"会写作"在我看来是我踏出"平庸"的一个突破口。"平庸"的定义层级在哪，我不知道。但我因为"会写作"而收获了更多肯定，更多鼓舞，更多经验与帮助，从而更有信心在一件事情上钻研得更深，那我便算是摆脱了某一层级的"平庸"。更何况还有少年心气加持。

怎么说呢，既然来这世界一遭，总是要留下一些带不走的东西，才不虚此行。

Q：希望日后能够如你所愿，我们都很期待。那既然谈了这么多关于写作的话题，我就多问一句吧，你有将"作家"作为自己将来的职业的意向吗？

A：我很想回答"有"欸。但是专职作家，还是需要在经济条件允许的前提之下。在那之前，我可能会把写作放在副业，没事投投稿。重心还是会放在体验生活上。

Q：好的，最后一个问题。其实这个问题放在第一个可能更合适。你可以猜一猜。

A：让我想想啊……是关于书名吗？

Q：毫无悬念呢。那就请你聊一聊吧。《数绵羊》，听起来很有童趣。

A：哈哈，我也这么想。

Q：所以你要表达什么呢？关于童年回忆？

A：嗯，童稚童真。我从两个角度来讲吧：书名含义与出书目的。其实整本书情感走向很明显，风格偏温暖含蓄，语气间看得见稚拙。之前有朋友评论我的文字观感："像一团白色的球，带点透明，没什么棱角。"确实如此，而她的描述也让我自然而然联想起一些毛茸茸的东西。加上我生肖属羊嘛，要不就是"绵羊"好了，多可爱。然后就是验证这个书名是否合适了。

数绵羊嘛，这种事情一般发生在我们入睡之前，所以应当可以算是一个现实与梦境、当下与回忆的连接点。行为和写作本身其实蛮契合。一只羊，两只羊，三只羊……它们或许跌跌撞撞，或许轻率张扬，或许害羞内敛，或许小心谨慎，或许富有好奇心，像每一个时期的我，每一个都独一无二。我领着它们，希望未来某一天它们可以安慰已经不再少年的我。我也很喜欢绵羊嘛。希望借它为我以后的写作生涯开一个好头啦。

再多说一点。其实有时候我觉得，在为自己而活的同时适当为他人而活没什么不好，只要不打破原则，不触犯底线。这么一想我大概是被"教化"得很成功的人，但并不代表我没有我的棱角。如果退一步可以让我收集到更多信息，理解到更多细节，做一只带角的绵羊没什么不好。

然后就是出书的目的了。我有那么一丝丝虚荣心（好吧，其实有很多），但更多还是想要证明和感谢吧。给我十八岁之前的努力做一个证明，证明十八岁之前的小章鱼虽然笨，但还是有那么一点东西（虽然日后再过来看一定会被自己傻到，甚至脚趾疯狂抠地）；然后就是对一路陪我走来的父母、师长、朋友，那些活在我文里文外的人表示感谢。感谢他们对我的无限包容，感谢他们给予我文字的充分尊重，感谢他们为我的文章慷慨建议，并不因为我是一个十几岁的人就对我的文章胡吹海吹。感谢他们的真诚，我也会好好做我的"老实人"，尽我所能在我的未来闯荡。

Q：哇，那就请好好加油吧。时间也不早了，要不然我们就用五问五答结束这次访谈吧？

A：没有问题。

Q：好的，第一个问题：本书中你最喜欢的角色？

A：陈俞景。

Q：推荐作品？

A：《岁岁平安》《一只耳机》，还有《回》吧。这个问题太主观了，好难答。

Q：字数最多的小说？

A：还是《岁岁平安》（"亲妈"苦笑）。

Q：来个简单的。最喜欢的动物？

A：狼。

Q：好。最后一个：你会一直坚持写作吗？如果会，为什么？

A：我会。没有理由。当然，如果真的要有也不是不可以。比如我希望有一天我的作品被一个大导演看上，让我去见我想要的演员（开玩笑）。

Q：（竖拇指：少年有想法）好啦，亲爱的读者们，今天小章鱼小铃的直播间到这里就结束啦，愿你们开心快乐每一天，我们下期再见！

（下播后）

小铃：等等。我们还会有下一期吗？

小章鱼：会有的吧。几年以后……可能等我白了头？总之期待一下啦。小章鱼不食言。啊，对了，再给我两秒钟，我分享两句话，就两句。

小铃：你事好多。

小章鱼：⌒(〃＾∇＾)〜满足我一点小小的私心啦。No. 1：喜欢的事情就要做到极致。No. 2：21岁认定的事情，到81岁我也会在做。与大家共勉啊。

张铃

2020 年 10 月 30 日

目录

我们要去哪里?

夏日山野　　　　　　　　　　　　　　3

灯光下　　　　　　　　　　　　　　12

邵杨的网　　　　　　　　　　　　　26

回　　　　　　　　　　　　　　　　31

大师离去　　　　　　　　　　　　　34

岁岁平安　　　　　　　　　　　　　39

正式以外　　　　　　　　　　　　　83

跌跌撞撞: 找星星去!

不忘初心·碎语　　　　　　　　　105

旧城记——南京,南京　　　　　　107

随想手札·失　　　　　　　　　　114

白日梦想家　　　　　　　　　　　117

到达　　　　　　　　　　　　　　119

道平常　　　　　　　　　　　　　122

心烦意乱之时，请让做些安静的事情   126

一只耳机   128

梓栗·荒驭   130

黑猫   133

夏夜十点钟   137

如果不是意外的话   139

复折原乡   142

且行且歌   145

你是我的光响   148

作坊百味   151

我怀念的自由   155

我的父亲   157

何七姑姑   160

那个孩子   167

不完美的你我   169

小小的你   173

青草，鲜花，一点点

长城之要义   177

习"容"首行知   179

架构虽简，哲韵不凡   181

孤城里的国王   183

杂草丛生瞎子村，味道苦腥羊眼酒   189

不知道取什么小标题，那就——晚安吧

闲言   197

巷   198

我想一步一步靠近你   199

下一秒   201

曾告别的，将开始的   203

片语   204

散行记   206

三生有幸   209

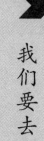

我们要去哪里？

夏日山野

一

直到手臂上被蚊虫叮咬的包渗出了血，阳光辐射在上面有火辣辣的痛感；纸条被手汗浸濡得破败不堪，我已站在运子家的门前，才发现他家的门无法上锁。我知道他有一个妹妹，所以来时带了一包糖。"我是来找运子的。"小姑娘从柴火堆旁站起身，周侧笼罩着朦胧的一层白光，轻飘飘，裹挟着她纸片一样的身板——没有下一步动作。"他在家吗？"

身后的鸡群忽而一阵骚乱。我转过身，下巴差点撞上硕大的草帽。它微微扬起，我看清来者的脸。他似乎跑了很长的一段山路，全身热气腾腾，稻草一样的眉毛被汗水打湿。小姑娘擦过我的腿根，半挽衣袖，熟练地往屋里抱进一筐草药。"小牧老师，里面坐？"运子吸溜着鼻涕，背过身去迅速抬了一下手。"蔬菜就放这吗？""就放那。"他似乎对探头探脑的老鼠毫不在意。我随他进了屋，小姑娘已不见踪影。

这是我第二次来到运子家。开学两星期了，如果不是因为他隔三岔五地旷课，我大概也不会这么快有机会开展我人生中第一次正式家访。至于为什么是再次到访运子家——"（尽管有助学金，）这孩子家里还是比较困难。"村支书带我们上山，沿途不时有鸟鸣虫喧。"孩子母亲打电话回来，请你们多关照关照他。"我

3

往上看，是被荫翳吞噬了的荒石路，灰蒙蒙，也遥遥无边。心里揣得更多的情感，是一个外乡人的不安。最后一片暮云的羽毛消散，掐灭了山顶的炊烟。同行的老教师（这里的孩子叫他野熊，我报以好笑和不解）往上指了指，"到了。老人家今天精神不错。"

运子用碗盛过水递给我，便往后门去，隐隐约约有柴火燃烧发出的噼啪声。大概是洗了把脸，运子回来时眼睛亮了几分。"你吃早饭了吗？"我问他。"没。"他挠挠头，转了个圈到灶台边，"老师……""没关系，我吃过了。啊，差点忘了，我从食堂给你带了几个煮鸡蛋。"我从包里拿出餐盒，示意他伸手接去。"趁热吃吧，也叫上你妹妹。"他点点头，没有过多推辞，我松了一口气。"明天……你会去上课吧？"运子用手指缓缓地在蛋白上抹了一圈，又吹几口气，递给妹妹，才抬头看着我。"也许会吧。"隔板后的房间忽然传来咳嗽声，他即刻敛上笑容，转身没入布帘。交谈声断断续续，后来他只站在帘外对我摆了摆手。小姑娘送我，塞给我两个枣糕，软软的，冒着热气。"奶奶说要给你。哥哥说不能白拿别人东西。"也没等我回话，小姑娘就跑进屋，关上那扇没有锁的门。

二

他们说，我们执教者最大的使命，就是竭尽所能去影响、去改善贫困地区的教育现状；他们说，我们就是孩子们的榜样，是孩子们人生旅途中的一束光；他们说的，是支教者的高尚。我捧着餐盘在孩子们中间就座，前一秒的欢欣在此刻却一点一滴都化作困窘。

临行前一周我埋怨母亲让我带那么多吃食，眼下却十分担心库存能否熬过为期三个月的支教时光。我下意识回头，村支书的身影卡在小食堂门外，鼓起的腮帮中是还没来得及咽下的排骨。

他们都在望着我，从小食堂的窗口，从铁皮大棚的四面八方。白瓷砖墙上贴着"节约粮食，从小做起"的海报，满屏鱼肉——有生以来，我从未像这一瞬间那样觉得这八个大字是如此多余。然而，他们也只是安静了一瞬，然后又稀稀拉拉地笑闹开来，将气氛拉回先前的水平，甚至更为热烈。招呼我坐下的小姑娘是运子的同桌，瘦瘦小小，想在人堆中找到她有些费劲，毕竟她比同龄的其他小孩还矮半个头，我也总是习惯性把她划到二年级的区域里。"所以妈妈从不答应带我出去玩。"但她有她的灵巧与热情，有一双承载风信子的眼睛。"也没什么好可惜的，每次她从外边回来都烦得像只倭瓜，我可不想要那样。"此时，小风信子碰了碰我的胳膊，"小牧老师，你想尝尝我的馒头吗？今天阿姨做得很好欸。"我低下头对上她的目光，"那我用牛肉作为交换吧。"

下午阳光很好。我向校长申请，将语文课改成了体育课，孩子们都在欢呼。在高中时期，我执着地认为，把从教室奔向操场的孩子比作小鸟的修辞十分土气，并对之嗤之以鼻。然而今日真正作为景中之人，我却的确找不出更好的形容。他们的无拘无束，那样上装蓝天下怀土地的情态是模仿不来的，更是伪装不来的。不知道为什么，我又想到下午餐桌上的白面馒头与发黄的大头菜，想到小食堂里一星期才能吃上一回的排骨和牛肉。于是手机铃声响起的时候我吓了一跳。我接起视频通话，小风信子和其他几个孩子停下了手中的动作，站在树下探头探脑。我向他们招招手。

忘记戴耳机，母亲激动难抑的声音便像豆子般一股脑倒出："都多久没见到你老妈了？怎么才接电话！""这不是接了吗？教学工作繁忙。再说啦，今天学校才装了宽带，以后应该就好了。"我把镜头投向操场。"看见了没，我们班的小孩！""你不上课吗？""今天临时改啦，上体育。""多热呀。"母亲习惯性地感叹。"还成。""累吗？"她果然这样问了。我没有回答，把镜头交给小风信子。"阿姨好。""欸，你好呀。你长得真可爱!"老妈最喜欢一看就可以搂在怀里揉的小女孩。"你叫什么名字，今年几岁了呀?""我是谭久久，今年大概九岁了吧。嗯，上小学三年级啦。"久久竟有些害羞，不停把镜头扫向躲在身后却跃跃欲试的小伙伴。"哇，真巧啊! 你和我们家的小弟弟一样大呢。可惜了，他现在去了学校，不然就可以让你们一起聊聊天啦……有空来我们家玩呀。"

我坐在树荫下，手机就那样放任他们来回传递。中间被调皮的男孩子们挂断了两次，都被母亲回拨过来。做一名教师，被孩子们叽叽喳喳地簇拥，是不喜热闹的母亲一直以来的梦想。我感到困惑。她也没做过多的解释，可能她自己也没有想明白这一份执念从何而来，且随着她踏入社会后愈发强烈。将支教作为我的毕业礼，就是她的主意。

三

"我不想我的人生因工作而变得循规蹈矩，不想天天面对一堆数字或千篇一律的文案抱怨，那太可怕了。"我躺倒在母亲的腿上，一边对先于我进入职场的表姐表示同情，一边对我的未来抱有担忧。母亲没有说话。"好羡慕演员。"我翻了身，准备找个更舒服的姿势，母亲却顺势把我推起来。"别做梦啦，你的才貌不及人家千万分之一。"正欲辩争，母亲却话锋一转，"这里倒是有份工作符合你的要求。难度? 哈哈，和演员差不了多少。"

事实证明母亲是对的。当我站在讲台前面对来自五十五个孩子的稀奇古怪的想法，面对教学任务总是不能按时完成的困境，面对成堆未完成的教案和阴晴不定的供电系统，以及经常打断睡眠的蚊虫（还好能让我及时从噩梦中脱身），我都会想起母亲斜倚在小沙发上说话的神态和语气，然后无可奈何，咬牙切齿，却又莫名期待次日的太阳升起，渐渐感到生活——原来可以如此灵性。它可以像你在大夏天吹空调啃西瓜感受汁水缓缓流入喉头那般悠然，也可以像三九天里逆迎寒风挣扎前行那般令人绝望。

野熊从他的小木柜中掏出一铁盒龙井，据说是珍藏已久，饮来甘甜萦舌，回味无穷。他到小灶炉边等着水开，听我絮絮叨叨，对我母亲的想法表以欣赏和赞许。"老师，有一件事我一直很好奇。""啥？"水开始咕嘟咕嘟冒泡。"您'野熊'这个代号是怎么来的呀？肯定不是因为体型。"他瘦瘦高高，即使来此执教多年，骨子里的书卷气也从未被大山磨灭。

"啊，这个。"他让我把炕上的小木桌往外挪了挪，各往两个陶瓷杯里放茶叶。"大概因为在孩子们看来我保护了他们吧。喏，这张小桌子就是他们送我的。"我才发现，这张凳子大小的桌子暗藏玄机：桌子四角都歪歪扭扭缀上了小人画，高挑的野熊长着三角耳，被围在中央。"野熊……我们永远……喜欢你。哈哈，他们真的好可爱！"我以为会有回应，然而他只是浅浅一笑，摩挲着陶瓷杯沿。背光下，男人的眼神中似乎带着哀伤。

人在夜里都不免沦为感性的奴隶。思乡人对月贴窗，静息者释橹听水。拂尘上炕盘腿，把茶对烛话往事，把这一切做得行云流水的，是野熊与我。"大概是第三批支教吧。"他摘下眼镜，蝇蚊也贴他的脖颈。

第三批支教来了一个体育老师，性情豪放，块头大，行为略有粗野，但待人尚且亲和。不说毕恭毕敬，至少在看到领导到访时，知道少吃半碗饭。教学态度也算认真，上班不迟到，该上什么课程上什么课程，甚至从教室里拉来几条长板凳——趴在上头穿着厚重的羽绒服范蛙泳，像只被充气的乌龟。空闲时间，乌龟有时会拉野熊一起打球。野熊来得比他早，他便哥长哥短地叫，实际上野熊还小他一岁。"这件事说起来，运子还帮了我不少忙。"当时运子因为家庭原因，九岁才正式上小学一年级。某天傍晚运子奶奶临时有事，和隔壁邻居一起上镇子去。野熊平日时常会上山帮忙，一来二往也就和运子家处成熟人。"运子就麻烦你照顾一下。""那他妹妹呢？""妹妹？那是隔壁家的孩子。近年老人家身体不好，七八十了吧，又住在山上，看病麻烦得很。实话说，政府办的卫生所和她也很难有干系。还撑得过去的时候，不如邻里间相互帮衬，再不济喊个赤脚医生。怎么讲，她更信野生的草药，不想费无谓的钱……我说到哪了？"野熊又捡起眼镜，从手边摸来一小块湿布，擦拭镜片上的灰尘。

九岁正是爱玩的年纪，好新奇，好挑战。那时野熊刚复工不久，从家里捎来两个新篮球。"运子，一起来吧！我们教你。"男孩刚刚冲出教室，却忽然止住步伐，表情有些为难。"小子，到底来不来？男子汉磨磨唧唧像什么话。"乌龟叫喊着。运子对野熊轻轻摇了摇头，抱腿坐在干草堆上。"对孩子可以好好说。"野熊这样告诉乌龟。

那天晚上运子问野熊："那个老师是不是对你不好？"野熊对这样的问题有些哭笑不得。"那个老师打球的时候撞你了。""哈哈，原来是这样。那是正常的篮球对抗，我下次教你你就明白了。"野熊摸摸小男孩的头。"那就好。""嗯？""没事。老师，送到这就好了，奶奶在前面，我自己过去就行。山上冷，您早点回去。衣服给您。"野熊从没有听运子一口气同他讲过那么多的话，也没有见过哪次告别他带有这样的小匆忙。

后来，野熊偷偷观察过乌龟上课，但没发现什么异样。直到有一天孩子们跑来告诉他，运子晕倒在了操场上。"老师让运子给我们示范游泳蹬腿。运子做不对，被罚了三百个蹲起……"三百个蹲起！野熊抓起风衣就跑向操场。野熊拨开人群，看见躺在干草堆上的运子嘴唇发白。久久陪同野熊带着运子一起去了镇上，赤脚医生走时调了一杯葡萄糖水。"可能是贫血吧，也说不准。正常的成年人都很难做上三百个蹲起，更何况是孩子。"野熊只能摇头，拳攥紧着，无力咆哮。乌龟已经被村支书叫去谈话。"原本以为他会有所表示，不要补偿金，至少上门道歉。可他没有。"第二天乌龟依旧吊儿郎当地晃过大食堂，在孩子的蒸笼里顺走一个馒头。

"感谢我年少的血气方刚。"野熊突然来了这么一句，"我这一辈子再也做不出这么疯狂的事了。"多疯狂呢？也就把高他一头的乌龟扣在地上，稍不留神让大块头少了两颗门牙。野熊后压着乌龟的手臂让他上运子家赔礼道歉，应交的医药费和补偿金一分不落，那场面回忆起来，虽不至大快人心，倒也十分艺术，毕竟野熊后头还跟着人手一把小树枝的"跟屁虫"。"一人做事，一群人分责。乌龟是他们镇上的镇长（传言是乌龟的大舅）塞来的，听说这份工作有国家撑腰，福利好，就过来糊里糊涂混着，为以后考教师、考公务员挣分数。我也得了他便宜，做一回'英雄'……自然了，那两颗牙的钱是要赔偿的，再加点精神损失费。这件事不论对谁都有影响，算从另一方面给了孩子教育，也给我自己教育，给校方教育。之后两年支教活动暂停，只留下第一批还愿意留下来的人。课最多的时候，一天六节都是我上。还好是小学。"电灯又有些接触不良，昏昏沉沉，将醉欲醉的情态。"还要添水吗？"我忽而想到今日傍晚的夕阳也是如此。"啊，对了，运子……"我想我们想起了同一件事。

"运子！我正打算去找你呢。"果然是他。我拎起苹果跑向他。运子鼻涕眼泪糊了一脸，回过头时我心头一悸。"奶奶，不大行了。我要去找村支书借电话。"还没来得及反应，他又往山下跑去。

四

野熊送我到宿舍门口。

"明天，我们一起去看看吧。"

"当然。"

五

校方有一个传统：每批支教人员离开前夜会举办烟火晚会，在操场上架起租来的大圆桌，厨房也会放松"物资管制"，平日里一星期才有一顿的小排骨，在今天可以吃到过瘾，还有专门去镇里采购的新鲜牛肉与蔬菜——对孩子们来说，堪比过年。我站在操场中央，四周密密麻麻攒动着小脑袋，一时间我又陷入初来乍到时的手忙脚乱，语无伦次。相比于他们，我更不习惯面对离别。特别是在知道有几个小孩已经在晚会开始前偷偷躲在教室里相互抹眼泪甚至加油打气之后，我更加不知道如何是好。"这三个月来，能够和你们这样一群可爱的孩子相处，我很开心。""我们也是！"已经有男孩们领头"打岔"。"尽管有时候你们的确会让我抓狂：字写得七歪八扭，一言不合就撸袖子干架，把课本撕成小纸片叠纸飞机……我的抽屉里都是证据。"被侧面点名的小孩吐吐舌头。"小牧老师！我们现在已经不会了。""欸，等我把话讲完嘛，刚要开始表扬你们呢。都坐好啦……"

离烟花运进学校还有一段时间。太多的话在平时都说了七七八八，临行前也就没有抒发感慨的欲望。"放他们玩去吧。"我和野熊拉了凳子在一旁坐下，连着几位同行。

"和运子家还有联系吗？"我问野熊。自上次奶奶葬礼之后就没有见过运子，只收到了半包没有吃完的糖和一句托人捎来的"谢谢"。大概也是走得匆忙。"家里没了老人，小辈事实上已成了水上浮萍。以后大概也不会回来了……"野熊循声微扬起头，"听说运子的老爹犯事进了监狱，运子现在应该跟着他姑姑。不知道怎么样呢。"烟花盛开，短暂而璀璨，一声声击打在每个人的心上。"人生就这样。无愧于心就好。"

六

回家之后，我与野熊一直保持联系。因为工作原因，我一直没有时间回到山里。我最终没有当教师，那些经历就让它自由发挥，不应该被分数控制住。现在我是一个自由撰稿人，为自己的大脑打工的作家。

"那很好啊，"野熊回道，"对了，你的惊喜到了吗？""啊？"有人按响门铃。"搞什么，我都有一个小朋友了，你才想起来给我送礼物？"女儿听到"礼物"二字，立马从玩具堆里蹿起来。"我去开门！"

我随她走向门口，这个傻孩子依旧不记得要先搬小板凳往猫眼外望清来人才能开门。门外是一个男人，穿着快递服。"小牧老师。"稻草一样的眉毛。

我给了他一个大大的拥抱。

灯光下

何小满给何子昊一衣袋桃金娘，何子昊给何小满一筒子花生米。

桃金娘是早上外婆从路边采来的，花生米是中午阿奶刚炒好封在竹筒里的。

他们坐在碎石坡上，何子昊拨弄着垂在头顶上的几穗蒙金的狗尾巴草。尾巴尖擦过指肚，毛毛刺刺带点热度，像父亲时常忘记打理的胡须。这是何小满最喜欢的比喻。但何子昊不清楚是否真是如此。也没机会给他考证，至少目前不可能。

"我只知道阿爷的胡须又臭又硬。"于是他这样同何小满讲。小满便抿嘴笑，虎牙很快随脸肌上扬而露在外头，脸颊陷下酒窝，恰好能容下食指尖。她撕开果子褐色的四角帽，显出发软丝状的紫红物质。

"欸！昊子，这层肉不能吃！你要把它挤开。"被唤的只好不情不愿把举至牙尖的果子放下，看一双不比自己大多少且同样黑细的手在桃金娘上倒腾，挑出一根指盖宽的白刺。"这玩意要当心，可会坏你耳朵。"她把白刺摇至耳边晃晃，果子递给子昊。后者看着眼下一团挤挨狰狞的黄籽皱了眉，但瞧何小满吸溜得起劲，也按捺不住轻轻吮吸。尽入口腔，似有若无，像两元钱一包的葡萄糖那样的甜味，磨开籽却是片干涩在舌苔漫窜。

"好吃吗？"

"一般般。"

"那这个准好吃!"

何子昊还未从方才奇妙初体验中回过神，被高处一团红光砸个龇牙咧嘴，随之手心一沉。树梢头，何小满从柿叶中探出半颗脑袋，笑声夹着风儿沙啦，没心没肺。

"阿姐，今天阿妈打电话给阿奶了。"何子昊提起衣角，用外衫擦拭柿子。

"她说我们上学的事有着落了。"他吸吸鼻子，打个喷嚏，又说，"但只能去一个……"

接过手的柿子不小心掉地上。

"阿姐，我想和你一起去。"

他抬起头，何小满正在整理耳边几丝碎发，手掌挡住了眼。阿姐把柿子放回他手心。"树梢头红的都被贪嘴的鸟掏净啦。只找到这个好的。没裂，凑合吃。"

何子昊把柿子掰成两半，一大一小，大的递给何小满。

"别不懂事。我不差这几年。倒是你小子，"何小满举起竹筒装作严肃敲敲弟弟的头，"好好读，可别丢脸。"

男孩郑重其事地点点头，女孩抹去沾在他嘴角的黏糊糊的柿子汁，然后笑着告别。

弟弟兜一衣袋桃金娘，手里揣半颗柿子。

姐姐捏一筒子花生米，咯咯响，半刻夕阳化了黄昏。

暮色四合。

何小满站在校门对面铺子外的石墩上，越过泱泱绿道，抻长脖颈张望。她来得有些早，门卫说今天下午上三节课，孩子们四点九个字才放学。复了，他又啜口茶，上下打量面前问话的小姑娘。小姑娘打学校跑出来啦? 这点钟不应该没上课。

女孩眨眨枯涩的眸子，跳下石墩，寻棵不大显眼的树，顺阴影站，自包中掏出从家中柜台牵来的小册子翻看，却无甚趣味。几个男人夹着烟头倚着水泥墙面攀谈，有一搭没一搭。中间那人一只裤脚挽在膝盖以上，远远看，仿佛树枝就那样扎根而不醒。他们操乡下方言，说论他家与自家柚地农忙和铺子生意，以及不知年段班级的浑小子。

他们的手骨都因长期辛苦劳作而难以打直，手背多是一层又一层积累的灰霜和黄土。糙纸似的脸庞上有黑色拓印，或大或小，分布零散，是日头所致。所以爱美的青年男女都逃逸去城里，为一家老小生计，也为自己。他们和城市中的红土块白餐盒相伴，与钢筋落叶相会，与霓虹陌巷相许，错乱复杂的人情世故和生存必有的竞争使他们身心俱疲，却无法言表，每一块骨髓里都砌满责任。于是有时望望或与家连脉的江河一直延续至某座山后，手里大概还会举着从家里带出来的信物，同工友描述自己可爱的儿女和贤惠的妻母，嘴角挂着笑吧。奢侈酌酒，不敢贪杯，睡上一觉，继续生活。

"小姑娘在看书？"男人不知什么时候熄灭烟头，走到何小满身侧。

啊，刚刚似乎盯着男人的眼睛走了神。"是。"他的眼睛和阿爸的一样好看，但阿爸比他有精神。一时间没什么不妥。但待女孩反应过来，接踵而至便是深深困窘，因为自己的食指关节还衔在嘴里，似乎还有几滴透明液渍。

"哈，你别紧张，我又不是老虎狮子。"男人弯下腰，"能借我看看吗？"

何小满点点头，书在衣袖上胡拍两下，递与男人。顺着弧度飘来一股茶香和庙里才有的香火气息。

"这书，是你的？看得懂？"

"嗯，外婆教我识过几个字。"

"知道讲什么？"

"不明白。"女孩很老实地摇头。

"嗨，果然。"男人把书还给女孩，"有兴趣到我书铺子里坐坐吗？佛经可不适合小朋友。"

女孩臊红了脸。但男人的提议是不错的选择。现在离放学还有十五分钟，书铺也只在学校对面，不远。女孩撵上男人的步子，白衬衫消失在红色的木门里。

空调冷气开得有些过，眼前青年突然剧烈咳嗽。张给他递了杯水，加吸管，放在手铐桌上。

甩甩发僵的手腕，将身体往上提几下。口供录两页，粗略翻看，虽然是一问一答模式，却不见有什么真正值得探讨的猛料，就像这案件的当事人。不过从某方面讲，何子昊确实有相较于他人的特别，甚至，史无前例。人命关天的案子，办起来竟因为他而变得比解决隔壁老王偷了我家一只鸡还省事省力。人前脚报案后脚就跟上来自首，是个厉害角色。

老沈啃下一大口绿豆酥，又呷嘴茶，两腮各吊只刺猬，上下抖动，含糊不清却接连不断炫耀功绩。"我本来是想帮他，真的。要不是他现在是个重犯，我一定给他颁发最佳市民奖。"他走到开水机前敲掉渣滓，又蓄满白开。水蒸气从老沈鼻腔处被冲击涌散，眨眼又聚合与二氧化碳周旋。正气迸发。

"人不可貌相哦。"

最后一滴气柱被抽干，气流与吸管壁刮擦发出巨大声响，刺人耳蜗。他缓缓把嘴唇剥离，唇膜上残存的水泽也被吸舔干净。而后，才像大门口年久失修的伸缩门，咯吱咯吱，垫起上半身。目光停留杯底。

"还需要？"我问他。

许久，他说："能给我支烟吧。"

他躬下背，臀部往后推压。不见吐气。

何子昊早上上学同阿姐抱怨功课太难，教汉字的老头爱抽人板子，打得生疼。何小满拍拍他的肩，许诺放课后带他去摘柿子，再上外婆家吃饭。

"那我要吃红烧肉，就过年阿妈做的那种。外婆会吧？"

"没问题。记得跟阿奶说。"

"知道。"何子昊走进校门，又转身，"阿姐，我进去啦。"

何小满同他挥挥手，露出大白牙。她目送男孩直至背影湮没人群，才拢拢头发，深呼口气，哼着小调进了书铺。

四年时间，街上的铺子大都改头换面或直接易主，仅男人的书铺还保持最初的古朴格调，墙头挂着香袋。灯还是昏黄色，不过换了一种型号。对孩子眼睛不好。秦初从屋内抱出一摞书放到桌前，照旧让何小满自己挑选。

何小满对男人竖起大拇指，并眨巴眼睛。秦初摆摆手，到书架前整理乱序书籍，分类别、大小、色彩，书分门别类后显现出动态的安静。而若再有些闲情逸致，恐怕整个小铺子都会被千奇百怪的图案占据——秦初曾经在儿童读物区花三天时间倒腾出一只章鱼，眼睛嘴巴规整，三条白横线让何小满足足笑够一整天——然而很快被放学后的孩子们打乱，所以秦初的尴尬并未维持太久，且他们的注意力也不得不放在一个扎双马尾的女孩身上。男人把女孩的书包卸下拿到里间，又端出一碗撒白糖的烧仙草。女孩舀起一大勺送至男人嘴边，甜甜糯糯地喊，"爸爸"。

何小满张张嘴，却如同离水之鱼。发不出声响。

何小满放下书，用手背叩叩男人的肩脊。男人停下手里的活，如愿转过头。何小满的目光从男人嘴角跳跃至头顶，又跌落到手背，才是一双躺月，不泛涟漪。

"有什么不懂的吗？"

没有下文，身体还是保持工作待机的姿势。原来没来由的一口气忽然间也无缘由泄在空气里。何小满摇摇头，脸上挂笑。

"不是啦。你看我手腕。"系着一条红绳，串过一颗绿豆大小的金珠子。

"我外婆从庙里求来的。"何小满继续说，"是我十四岁生日礼物。和我阿弟同天。晚上要吃长寿面。"

男人眯上眼，没有立刻作答。何小满把手腕往前挪些，男人却别过眼，低下头嘟囔。

"什么？"何小满没听清，手顺势恰时放到书柜上。

"没什么。"秦初站起身，拍掉白布裤上的尘灰，再抬头时一切如常。他回到柜台前拉开竹条椅，弯下腰翻找抽屉。零碎噼里啪啦响。

何小满跟上男人的步子，还未转过柜台角，便被突如其来的震响唬愣在原地。笔筒在木地板上咕噜打滚。

她俯下身拾笔，却晃神中抖掉一支。

因为她听见男人说，"我没有合适的礼物送你"。且抱满歉意。

"不要紧的。"何小满把散落的笔收齐插进笔筒，依旧保持左手背后的姿态。

男人把一张便利贴递给她，并嘱咐几句话。

米黄瓷砖上砸开灰色轮旋，烟嘴纸皮蹭破一层。何子昊要一杯水，加盐。

他吸得很慢，两腮做蛤蟆运动，只是不聒噪，身体越缩越小。

荧光橙的贴身马甲像两座高塔。

也才发现，那对黑青眼袋上方，似乎在分泌渗出水汽。然后在空气中凝聚，一定程度后，就会下起淅沥沥的雨。

但那只是似乎。他又不会抽烟。连姿势都别扭生硬。烟芯闪得我们眼睛难受。

于是张上前把烟取下，碾灭，掷进废纸篓里。

排气扇呜呜叫嚣，空气中挤涌的棉花糖一大团一大团，被撕扯，吞咽，分解。

不辨滋味。

"校门外的树枝叶繁茂，适合夏季乘凉。所以放学的学生大都在梧桐树下等。等人，等车。门卫大爷在树和校门栅栏间牵了一颗灯泡，防蚊虫，给过路人照明。我从来不觉得那灯能给我什么好处，因为阿姐总是最早到的一个，手里时常抱着用她自己的零用钱买来的糖炒栗子或烤番薯或绿豆糕，日日有且不重样。但那天大爷给了我一碗馄饨，然后我遇见张秦毓。她说今天帮她爹爹看店，回班级拿钢笔，但没找着。红色的。她很着急，我就把我的先给她了。结果她说我是小偷，那笔分明是她阿爹阿娘的定情信物。她还把笔尾刻字的地方指给我看。笔上刻的字是 H、X、M，她说那代表她阿娘的名字韩雪梅。她阿爹让她带着笔去见她阿娘，她爹想跟她娘复婚。"

何小满蹦跳着回家，换一身红格子裙。秦初说穿红色喜庆，去哪也好找好认。她扯扯领子，有些发紧，镜子中白色领子也已经染上黄渍。这两年何小满个子蹿得很快，所以即使是年初刚寄回的裙子，也显得小巧。明明母亲该是记得她的码数。她把头发用红色绳子束起，不忘烧上粥饭，锁好门。

何小满六点半就在庙外空地上等。几分钟前她叩过庙门，尝试往里推，没推动。庙阶下灰草丛，蚁群碌碌，搬动一只苍蝇尸体。偏过头，昏阳已至菩萨腰侧。何小满站起身，上前闭目拜四拜，膝盖硌着沙尘。

庙檐上灯笼亮了，时间过了半小时。何小满在打呵欠。今夜预报有雨，连虫噪都消失至无影无踪。迷迷糊糊，似乎有风声，在呜咽。女孩抬头，借月光却不见草动。她站起身往廊上走，声音又清晰一层。有人在哭，是邻家孩子被打骂后躲到这里把门锁上了吧；却又有人在拉着风箱絮絮念念。

是个男人。

何小满往后退，脚腕扫倒了一只啤酒瓶。啤酒瓶哐啷呻吟，顺石子纹路碾辙，摔下台阶。

哭声停了。

何小满拧紧裙摆，右手反复揉搓红绳，指肚在珠侧摩挲。

何小满的手扣在红柱上，分不清肝脏，肋骨生疼。

大地恍惚，双脚往外涎渗胶水。偏偏头脑分外清醒。

看不见。今夜云密无星，西北方还有碎石坡。

阿弟。

雨开始淅沥沥下着，捶打低山沙地，打出暗潮的阴影。一大片，一大片，吞剥女孩的身形。

一切一切，向后倒去，消散，剩下零碎的黑，破碎的白。温度，渐自腿部分崩离析。脖颈被向后吸住，背脊鼓进醉醺的风。狠狠撞在庙门槛上。

酒窝抻长又收缩。唾液染遍供台上的红布巾。

何小满的手掌嵌满黑色沙石，而沙砾，也像会被吸收的养分，通过静脉流向她的动脉，从她的骨骼四肢淌向脊柱。掂一掂左胸口处。沙啦，沙啦。

男人走了。锁链绕四圈。

陆进来接班，把张换了出去。

少年垂头，把头勾得死死的。背脊撑着椅背。我们只能看见崎岖的水纹和他头顶顺时针的发旋。椅子在战栗。

于是对话中止。商量后决定三十分钟后再进行第二次传唤。张发回一条简讯，档案室那头有了消息。终于得空松开绷僵了几十分钟的脸。把口供保存，随主审官到审判室外。太阳光把长走廊裁成阴阳几段，毫无关联想起拓印于手铐桌沿反光的掌纹。

再回到审讯室，何子昊向我们点头。

和先前没什么两样，只是眼皮微肿。

清晨六点，老杜公挎道袍一路上山，摇着钥匙同过往的麻雀打招呼。几家妇女聚在一头，唠不尽家常。老杜公向来不屑理会女人家的琐碎，所以当他停在那逗弄远方近十分钟后，眉头深拧的妇女们终于注意到他。

"你们说，对面山头何阿婆家的外孙儿昨晚都没着家……"

"怎没着家，那俩乖娃娃能野到哪去？"

"就是啊——嗨，谁知道呢，全家都跑镇上找，还报了警。常年不见的外省女婿这回也随老婆连夜回来……可不要出什么事儿。"

"就你们话多。"老杜公瞪妇女们一眼，背手继续上行。

妇女们面面相觑，相搭几句后回屋里操持各自生活。

绕过竹林，离菩萨便没几步远。老杜公点燃烟停下歇息，对面山头探出几颗光溜脑袋，正向他挥手。老杜公摇摇袍子。之前这会儿何阿婆也在，送俩孩子下山上学。何阿婆每周来两次，女娃娃还给他几颗桃金娘和半筒花生米。

老杜公转过最后一道弯，迈阔步子走向那道小小的身影。

"边去边去，别挡我开门做生意。阿公又没骂你，你哭啥？啊，说句话。"

老杜公踩灭烟，蹲下尝试把何子昊抱起，却提不动。男孩的手仿佛与栏杆长在一起。

没办法了，老杜公掏出手机，翻不到何阿婆的联系电话，便直接打给地方派出所。简单沟通几句放下电话，回头把道袍披在何子昊身上，蹲在门槛外。等待途中打了个喷嚏。老杜公转头，嗅出一股霉味。

看来供桌上的果子该换了。他眯眯眼，又从口袋中摸出一根烟，点燃。

老杜公刚抽完半支烟，草后传来动静。他扭头看何子昊，心里稍稍松口气。尽管这孩子还是紧箍门杆不放，也不知自开始就盯着什么。但好歹不再哭。

何家奶奶颠着肚子跌跌撞撞冲上台阶，抱住孙子就是一阵心肝儿。父母随后赶来，对儿子的数落也被爷奶尽数吼还。何阿婆和两个警官最后赶到——他们的车在路上熄了火。一家子人便都到齐。

"老杜公，孩子们都找着啦？"

"谁跟你讲都找着了。"老杜公吐了个烟圈，看指向旁侧。

"那另一个呢？"

"自己问男娃娃去。"

"他都不吭声，怕是撞了邪。门都不让开。"老杜公踢开啤酒瓶，到碎石坡旁抽烟。

警官回头拨开家属，蹲在何子昊身前。"阿弟，你阿姐在哪？"他抹去何子昊的泪痕，猩红眼球一闪即逝。

原本吵吵闹闹的家人安静下来。母亲扣紧丈夫的衣领。丈夫抬起头，镜片上折射彩虹。何小昊张开嘴，打了响亮的嗝，不停地打，沾满淤泥的手向上移动，轨迹尽头躺着一粒绿豆大的金珠，红线断成两截，在砖地蜿蜒。

老杜公开门，何阿婆跟跄进去，将绳好容易摸起攥在手里，又跟跄到阳光下。她倚在女婿身上，缓缓把手指掰开，仿佛竭尽力气。濡湿的珠侧明明白白刻着"满"字。

警官从供桌底下拉出绿皮麻袋，剪开袋口红绳。家属被隔离门外，仅入老妇，声嘶力竭。一刻钟后，山间又响起机车的马达声。

"警察在里头办案，我们看不见阿姐。阿妈带阿婆回去，阿婆不肯。阿奶想带我走，我不愿。阿姐被带走了，我们也要跟去。他们问了我很多问题，我也有很多想说。"

"他们盯着我，我说不出口，发不出声。"

"我听见自己咿咿呀呀乱叫，他们一直用面巾纸按我鼻子。"

"如果阿姐在，她一定能告诉我该怎么办。"

"我说不出口。我觉得我的命真的很大。"

"大到，我都透过长草缝看见匕首上的血，却还能留下我这个人。"

"所以你就……"那天晚上我去狱所看他，他在玻璃窗对面点了点头。

"你进来了，父母怎么办？"

"进来不过三年，表现好也能减刑，无所谓。"

"那工作呢？也没有意义吧，你这样做。明明可以直接翻案。"

他皱皱眉，似乎不理解我说的话。

"以后的事以后再说。"但还是作了回答。

"世界上那么多工作，不需要愁。四肢健全肯干活就能养家。"

"况且，我跟阿姐跟了八年。很多本该父母教的东西都是阿姐教给我的。"

"至少我用我自己的方式，替阿姐报了一部分仇。"

"我没料到，他为保命连自己的女儿都不管。本来我想杀了他再自首的，但他不出来，不接电话。我总归是犯了事，就先进来了。"

"错了呢？"我问，"没想过吗？女孩本来也没做错什么。"

"没有谁一定是好人。"

他抛下这句话，被扭送进月夜。话筒里仅剩回音。

答非所问。

次日局里开会，对何子昊一事进行最后汇总并提交逮捕书，这件案子便暂且告一段落。而何小满的案子也因何子昊的关系得以重见天日。但时隔多年，即使掌握多方资料，想捞人也不是那么容易。

"能逮得到早逮到了，哪还需要腾牢给你小子蹲。"我把老沈从龙应（邻县）带回的绿豆糕放在桌上。今天是犯人的探访日，何子昊没有亲戚来。

他本来想接我话题好好嘲弄，看清牛皮纸里包的东西后瞬间收回那副唯我独尊的模样。"你去我家了？"语调带着惊奇。

"我们队长去办案带回来的。没想到你和他好同一口。"

"姐，你没去过龙应吧？"他把糕推到我面前，"尝尝看，不信你不爱吃。"

我拿一个含在嘴里，他自顾自讲。

"小时候的夏天，阿婆会做很多绿豆糕叠在灶上。一部分分村

23

里人，一部分拿到集市上卖。打听到我阿婆要下山的人都早早在校门口的树下蹲点，所以阿婆钱收到最多。我们的绿豆糕不需要配茶，干吃化在嘴里就像喝了一口绿豆汤。哪像你们，一点滋味没有。"

他皱了皱鼻头，就像大多数人碰到榴莲那样，狠命打个夸张的寒战。

"有一回和邻居家的浑小子打架，挠破了人家的脸，因为他说我们没有爹娘。虽然说的不是事实，但我还是气不过。阿婆拿竹条要抽我的时候被阿姐拦住了。所以我没挨打，很多次都是这样。但阿婆罚我两星期不许吃绿豆糕。可难受死我。"

他嘻嘻笑着。

"结果那晚在屋外玩，玩捉迷藏。别问我为什么记得这么清楚，关于阿姐你想知道多少我告诉你多少。但我真不知道为什么每次我都被阿姐第一个找到。"

"还没想清楚的时候手里就被塞了一把被捂得热乎的东西。你猜得到是什么吧？"

"后来阿婆发现了，阿姐被打手心，我被命令站旁边看。我问阿姐为什么不和阿婆说是我吃的。阿姐给我两句话——

"记住教训就好，我没关系。

"况且，阿姐本来就该护着阿弟。"

他的双手紧扣，阳光盖过睫毛和嘴角。

出乎意料，老沈那头没过两星期就来消息——关于何小满。而我再见老沈时便在审讯室，手铐桌上又扣了人。他努嘴示意我进去，但表情明显郁闷得不行。

"你好。"我以为是有多凶神恶煞才会使天不怕地不怕的老沈怀疑自己的办案能力，甚至怀疑新引进的机子是否为赝品（据说是利用染色体 Y-DNA，新技术）。最起码应该有铜铃般带杀气的大眼睛，脸颊下凹或满脸横肉，散发出一种颓劣的市井气息，背景应该飘一把死神镰刀。

都是假的。

以至于审讯全程我走了好几回神。

想不通。明明四十好几，精气神完全不输少年。面颊红润，风度翩翩。

想不通。明明心怀妻女，却背上二十余年人命债远走高飞，不留音讯。途中不忘给女儿寄去每月三百块生活费，和每年一次的生日礼物或祝福。只是没有姓名。

想不通的是，张秦毓家中几乎一无所有。只有一张女人的黑白照，一罐红墨水和一支钢笔。

我们找到一张发黄的病历单，时间是九几年已经看不清，大概二十年前。关于心脏手术——没有成功。

后来顺理成章，如人心所愿。秦初上法庭，被判死刑，缓期三月。众人唾弃之讨伐之，仿若世态炎凉。

张秦毓来过一次，来看她父亲，也来看何子昊。很阳光的女孩。

她竟向何子昊道歉。明明该反过来。两个年轻人哭作一团。

天色将晚。卸下担子，路灯下的影子变长，开出一朵花。

邵杨的网

邵杨揉了揉发胀的额角，写完最后一捺搁下笔。昏昏沉沉，高三的快节奏让人窒息。桌上的咖啡已凝起了一层皱皱的结痂，指尖触及之处不免生起一丝寒意。邵杨决定起身转转，缓和紧绷的神经。打开房门，楼下仍是一片昏暗。邵杨从橱柜中翻出一小袋咖啡豆和几块方糖。研磨咖啡豆产生的香味氤氲在空气中。一丝一缕，牵扯着他的思绪。

壹

田园山水，这便是邵杨童年时代每日陪伴之物。他和爷爷奶奶生活在一个小村庄里。每天早晨醒来，听着各家公鸡不同调调的打鸣声，中午匆匆扒了几口饭就不知又往哪里野去，回来总是一身泥，鞋也不知丢哪了。村头村尾总有人跑来给奶奶告状：踩碎鸡蛋啦，果子失踪啦，轮胎气又偷偷溜走了啦，这些都是常有的事。奶奶每回都收拾着他的"烂摊子"，邵杨自然也少不了受皮肉之苦。可之后却还是依旧，不长记性，爷爷奶奶只能作罢，随他去了。

夏季是村中孩子尤为喜爱的。每年这时，村口的小河里总是熙攘着，充盈着孩子们的笑声。小一点儿的坐在河边戏水，小脚在河里轮番拍打着；大一点儿的就挽起裤腿儿，下河捞鱼，手探进石头洞里捉泥鳅。有时不小心抓出一条几寸的小蛇来，免不了哭爹喊娘，过后却又当成英雄事迹讲得神采飞扬。邵杨对此总是皱皱小鼻头。会抓蝉才最了不起呢。

邵杨是村中公认的捕蝉好手。爷爷给他做了一只捕网，捕网比他高出少许，却也是一个得力助手。

太阳当顶，这是蝉叫得最为热烈的时候。邵杨召集几个小伙伴，带上捕网和一小桶水去了山里。邵杨仰头看着面前这棵最吃香的树。他们叫它"蝉穴"。树干上一小段若有若无地染着光，邵杨习惯性地舔了舔嘴角，眯起了眼，似是饿狼捕捉猎物的前兆。网的那头慢慢地接近，猎物似乎也预感到危险的来临，那束微弱的光不安地闪动着。手一拂，就只剩下淡淡的水痕。少年弯起眉梢。水面上满满浮着的生灵，正如此时少年心中满满的自豪感。

蝉陆续收入网中，夜晚聆听着它们的歌儿甜甜入睡。邵杨和捕网不知不觉间成了不可分割的关系：早晨睁开眼，就光着脚溜下床，拧块抹布把捕网从头到尾擦拭个遍，吃饭时把捕网靠在脚边，出去时也背着捕网，睡前也要把它放在枕边才安得下心……

邵杨的手指在捕网上摩挲着，手柄处长了黑色的霉点，带着几道触目的裂痕。网上的线已经泛黄，亦绽开了许多，尽显沧桑。邵杨皱了皱眉，壶里的咖啡溢出些许。

贰

爷爷说："山的那头是一座城，爸妈就在那儿。"

"他们干吗去了？"

许久沉默。

"工作。"爷爷深吸了一口烟，烟雾缭绕。

那之后，爷爷再没提起过他们，只是偶尔会挂着赶鸡的杆子，愣愣地看着山角间的夕阳一寸寸被吞没。而他，毕竟还是孩子。

每天照样在山间疯跑，痛饮小河里甘甜的水，夜里和爷爷一起躺在竹椅上，在萤火与星光编织成的梦里沉沉睡去，从某个远方传来古老的歌谣。那山青了又绿，绿了又红，红了又黄，黄了又青。

他上了学。

偶然间回家路上，他看见隔壁王奶奶的孙子回来，还带着些新鲜的玩意儿。那孩子是邵杨发小，前些年跟着父母到城中"见世面"去了，和邵杨亦是好些年不见，难免欣喜若狂。两人从早耍到晚，邵杨也听得不少城中的逸闻趣事，心中掀起了波澜。发小走的时候还给了邵杨一包糖，软软糯糯，内里是五颜六色的果酱。据说那叫棉花糖。

邵杨和往常一样，早早起床，中午也是匆匆扒了几口饭就不见人影，到了鸡回舍，雁归巢才肯回家。一切似乎并无不同，不过是那幅拼图换了新面貌罢了。邵杨登上那山的山巅，努力地望着山那边的世界。眼前不再是翩舞的萤火，万生的协奏，而是流动的霓虹，金属的抨击。每逢过年过节，外出工作的人便回家探望，他总走家串户，缠着归人讲述城中的见闻，一些小事都能令他兴奋不已。

这孩子"痴"。他们都说。

叁

那日，邵杨和发小在谷场踢球。稻谷纷扬。

"邵杨，你家来了俩人，好像是你爸妈。"同村的"顺风耳"不知什么时候跑来了。

少年怔了怔，挑了挑眉。"我爸妈？"在朦朦胧胧中，似乎爷爷提起过，他们是在城里。邵杨眨眨眼，拍掉衣裤上的谷穗，又理了衣领。

"看看去。"

28

他一路奔到家门前，距离越近，心也就越不得平静。屋里似乎过于安静，他的手悬停在门边，只听得些细碎的声响。

"妈，我知道，这些年你们养杨杨不容易……"一个低沉沙哑的声音响起，喉口似乎粘着一口痰。

"是……杨杨是你们的孩子……但你们这些年除了每月寄来的钱，又来看过孩子几次……"

"杨杨现在也到了年纪了。"

"你们……"

邵杨静静立在门前，听着里头的交谈声由最初的谈判变成了争执，而后回归了静寂。他的呼吸也随着这节奏起伏不定，脸颊莫名地有灼烧感。邵杨沉默着，张了张口，却又抿上了。"城市"二字在他心头怦动。

怦，怦，怦。

肆

邵杨是带着比他来时更多东西走的，塞了满满一车。里头是他这些年来的挚爱。父母待他很好，让他读名校，穿名牌，周假里带他去兜风。一切都很愉快。然而，不知为何，还是觉得少了些什么。

一个人的晚餐，一个人的欢笑，一个人的回忆。一个人。

班级里的同学对他并不友好，总是戏谑地称他"土豪"，对他避而远之，说他身上有乡土气息，眼角全是不屑。比他富一些或差不了多少的孩子，前一秒在勾肩搭背，说说笑笑，后一秒却不知道是被谁锁在学校角落的废弃屋中，孤立无援。

邵杨坐在落地窗前，书平摊在手边，看着楼对面滚动的广告牌，思考着这些年以来发生的种种。父母近期的应酬愈来愈多，对他也愈来愈敷衍。他总是早早写完作业，坐在房门边等着他们回家，好有时间和他们分享学校里的事，倾诉心中的不满。一有些轻微的响动，就激动地打开房门，迎接他的却是过道里久久回荡的关门声；每天的挑灯夜读，拼命维持段一的地位，也只是希望能得到一两声肯定与赞许。他尽他所能去引起父母对他的注意以及关心，他开始逃学，和同学大打出手，学街上的混混抽烟喝酒，甚至进过一两次少管所，成绩一落千丈。父母却连一句责备的话都懒得说了。

日复一日。

门缝那头的灯明了又暗，父亲喝得酩酊大醉，不省人事。母亲也常不归家。

邵杨蜷着身子，手攥成了拳头，手心不断渗着冷汗。楼下不断传来骂骂咧咧的话语，以及女人的尖叫声。一声巨响后，一片死寂。邵杨的身体不受控制地颤抖着。窗外风声猎猎。他终归是累了，他们都是，我们也是。那山，树，萤火拼凑而成的画在他脑海中肆意涂抹着，小时候提着水桶扛着捕网耀武扬威的模样仍记忆犹新。他扬着笑脸，太阳在他背后，那样自由。

走的那夜，奶奶收拾着他的行李，问这问那，手也不止，唯恐落掉什么。邵杨趴在窗边，看着天发愣，有一搭没一搭地应着。世界突然静了下来。邵杨转过头，奶奶早已不见踪影，古朴的卧房空荡荡的，惨白的月光散落一地。那只捕网静静立在那里，满面风霜，化成了一架苍老佝偻的皮骨……

终

咖啡不知何时见了底，窗外都市也被夜笼罩着，只是偶尔还会传来一两声汽车的鸣笛。不远处的屋里传来均匀沉稳的鼾声，似是做了什么好梦。钟敲响了十二下，桌角的手机微微颤动。

今年的蝉儿又来啦。

回

你最近到底在干什么啊？

窗外的雨从三点钟开始就滴滴答答下个不停，抢救回来的衣服散搭在腿边，潮湿的地方贴着皮肤，带着阳光的余温，空调呼呼空转。一回闭着眼睛，窗帘依旧忘记拉开，弟弟的铅笔涂鸦在荧光漆的反射下终于不那样刺眼。但还是很烦躁呢，睡前扎进脚底的竹刺明明已经取出来了，现在也感受不到疼痛。大拇指侧还有些断断续续的痛感，但是毫无关联。他将脚搭在瓷砖上，也许有一只虫攀过他的脚背。不过他不在乎。反正总是不会咬人的。只是妈妈又会唠叨了。

总是这样子。

点火，倒油，抽油烟机轰隆隆闹个不停。栗子团在脚边，尾巴轻轻地来回勾划一回的脚踝。一回低头挑出一条小鱼干，轻吹几下放到栗子鼻前。"别捣乱啦，去厨房外面等我吧。"他点了点栗子的额头，目送它跃到女孩的怀里，然后做好了今天的最后一餐。拍张美美的照片，女孩将双手合拢在鼻前，烛光在睫毛弯处轻轻跳跃。一回在上面补了两只小精灵，周身笼罩一层浅浅的荧光。"许完愿就吹蜡烛吧，我把它们发给妈妈。"女孩接过照片，却忘记了一回的脸。栗子忽然尖啸，打碎两只碗碟，翻了蛋糕，划破女孩怀中洋娃娃的蓝粉色衣裳。女孩又要哭了，一回手忙脚乱地开了灯。妈妈坐在客厅里不停调换频道，指着电视剧里的林黛玉的眼泪大笑悟空无常。

就是看看。

咯啦咯啦，平推的木桌依旧笨重。母亲从来不喜欢愚钝的声响，哪怕一声都该被训斥得体无完肤。当然，前提是她听见。一回轻轻把拖鞋蹭落，踮脚将眼睛眯在光透来的地方。一条细线。他看见栗子水蓝色的瞳孔，脖颈悬吊着一颗红色铃铛。三步，四步，没有声响。弟弟还在看最喜欢的动漫，后巷子里又有小孩哭闹，声音细细弱弱，盖不过对门的夫妇三天两头便闹起的拳脚声。他把耳机塞上，隔去细细碎碎的脚步声，悄悄把金鱼缸环搂在胸前。今天妈妈又不在家。金鱼的眼睛闪闪发亮，当啷，当啷。墨水在火中舞蹈，连着暮色最后一片烧焦的羽毛，飘扬，飘扬。栗子缩回门后，吐下一把干瘪枯蔫的茉莉花。

这样可以了吧。

醒过来的时候书本是暗红色的，铅笔是白色的，手臂上蚊子咬过的痕迹是墨绿色的，还在一直发痒。圆形的小凸起暂时还看不到它。其实没什么好害羞的，毕竟已经暴露在灯光之下，被神经的绳索紧勒，才会如此强烈。看吧，签字笔和书本贴在一起，变成了薄荷绿的甜甜圈。没有味道，撒的是油性笔气味的白糖。有个男人在树荫底下读书，旁边坐着的女人是我的妈妈。一回想她正在编制光。穿梭得多快啊，他数不清母亲的节奏，只能从食指跳到无名指，最后干脆停在摇晃的臂弯。他们说，这里是摇篮，是港湾，母亲却从不让他待在里头安睡，一次也没有。只有偶尔，他才能趁母亲发呆的空当，看到一点点亮，再加一点点土黄，然后再来一回。"再来，一回。"女孩放下手机对他招了招手，他将栗子捧进她的围裙。一颗，两颗，裂开的十字架长着毛茸茸的触角，也是一点点亮，一点点土黄。

你最近到底在干吗啦。

没干吗。一回笑捏着断线的电话，相片后的金鱼缸里仍漂荡着茉莉花。那记得给我打电话，记得穿衣服，记得喝牛奶，记得巴拉巴拉巴拉。却不记得这是栗子的尾巴。

大师离去

安凡退休了。

他的父母一下午在宾客室里。出来时候手捧一杯鱼。鱼如往日，张嘴喘息，沉默不语。薄膜飘摇割开浊色。

董事当晚撕毁满满一墙骇人业绩，以及在表彰栏上自三年前挂起就未摘过的糊去双眸的脸。手机捏在手里，她轻阖上眼。窗外霓虹明灭。

青年摘下眼镜，褪去身上烦冗外衣，神智瞬时清醒不少。打开衣柜，迎面便扑来好些灰尘，呛他咳嗽一阵。蹲身翻找，自柜底掏出祖父的木箱，将其搁置桌面。拂去轻尘，自成年时便定制的几件长袍被规规整整码列，白净如初。最上头一件夹着祖父笔迹，字态流逸。少时父母公务繁忙，他便长期往这山林跑，与祖父同住。祖父是隔壁寺庙的主持，但很少露面，更多的是带他窝在这所竹屋里头习字临帖。也不听经打坐，只是烧檀香，在小清池边折条梧桐枝，逗弄池底永远吃不饱的鲤鱼。这口清池并不宽大，勉勉强强能撑住梧桐的伞顶。只是在秋日末尾需格外小心，否则这里的鲤鱼望不见天，便会都游到寺庙那专供香客祈福的桥底下去。小安凡并不喜欢那里。那里人多嘈杂，有小孩东拉西扯，无数相机接连不断地闪。他们的笑声会吓着祖父给他的那条鱼苗。这鱼苗胆小得很，但未来一定最为漂亮。就像站在桥拱中间的那个把头架在栏杆缝里，只留出连衣裙摆的白荷叶边的小姑娘。

"哥哥。"女孩的小手怯生生点过他的袍袖，"能给我一点面包吗？小鱼饿了。"双目澄澈，拴着阳光，有淡淡琥珀色。一条白色的沉默的鱼，在游。

安凡手握祖父的梧桐枝在寺庙里走。今日寺庙闭客清扫，远离游人还回不少清静。也就这个时候，那些供人把玩的兔崽可以好好享受一回本就属于它们的名为"野兔"的名分。但也不如往日跳脱了。"你小时常闹的那只，也老啦，这会儿在后厨庭里晒太阳吧。"熟悉的几位老僧向他寒暄。无生向他们点头，谢过指引向后厨去。

后厨里都是近些年才上山化佛的僧客，头顶并无戒疤，多是顶不住尘苦来这里避御，却仍忍不住每月下山三两采购，有时贪杯奶茶小点，尽管身挂黄袍。无生方才知道，出家也不是什么都禁。轻车熟路走到锅炉旁，一手捏住正欲窜入炉中的墨霓，另外一只手熟练承接，托住下臀将它捧离烟火之地。兔子自然不满，着地后即刻便蹭到无生脚边爽快撒了一泡尿，然后屁颠蹬开，到一旁啃食他捎来的半截萝卜。矫健如当年。无生解下外袍叠整齐，放在倒扣的竹篓盏顶，不禁笑自己年纪轻轻却又已有二十二个当年可慨。冬日的栎玺山上向来阳光温顺，重重竹林更是阻断浮嚣，只剩祖父常谈，心中常牵之静好。

安凡睡在竹屋外的藤椅上，墨霓双眸微阖，乖巧搭在臂弯。银白蝶尾于杯中跳窜，寺庙门再度摇摆。无生，无生。

一片混沌，有水珠滴落，不知从多远的地方穿过脸颊。他是透明的，连骨骼也是。只剩一颗心，怦怦跳动。明黄色血液泵出淌向四肢，在十指间迂回相缠。蝶尾向他游来，自中段戳破身躯。

没有疼痛，像细胞有丝分裂。路过耳边时它轻声呢喃，化白纱飘羽，袖镶镏金。点墨成华。

　　"哥哥，哥哥!"筱俞笑着敲敲他凝在宣纸上的手腕，支着脑袋，"墨洇开啦……明明画得挺妙。只好再作一张咯。"

　　安凡恍惚回神，金鱼尾部已被噬走大半，明显难于再挽。他忙提笔，眉头轻皱。"筱俞，抱歉啊。你的第一张画。"

　　女孩转身取宣纸，听闻，回头招招手，"没关系，我再画一张就好啦。哥哥画画真的好厉害呢。"她朝墙上指，东墙上挂着一件女子长裙，裙摆上以彩墨勾画出的竹林中依稀有白鹿影驰，映蝶翩飞。"哥哥没来这里之前是干什么的? 画家吗?"筱俞将裙摆放至鼻尖浅嗅，还有一股未散的墨香。

　　"差不多吧。"安凡将柜子里的画卷展开，图样还只是一件裙子的轮廓，"脑内上百种纹样，终还是未组出顺心的来。"呆呆看过半晌，姑娘已执笔描摹。他闷声将其卷回木箱，挂上褪了大半铜屑的锁。

　　"我祖父没进庙前是个裁缝。"安凡领筱俞到竹屋后的茅舍，点亮油灯，百来件布匹堆叠桌头，角落摆几件人形模具，都是竹条编成，挂着的各型衣裳，竟仿佛被赋予灵魂，自成风姿。一件件划过，如手指于溪中作桨，只见片片涟漪。"那些是祖父生前最爱的几件珍品，不愿其流于世。每件衣袍都有自己情定之人。"安凡撩开黑帘，墙上钉吊竹牌，但并不齐整，三版有名，一版为空。"我也该做决定了。"他打开杯盖，往里投下几粒碎米，蝶尾往上攀旋，即刻沉底。

　　筱俞捏一束金鱼花逗弄墨霓，坐在竹屋外的青石凳上。墨霓有些困倦，对她爱搭不理，刨洞溜进庭院，屁股朝外，留下嚣张高傲的背影，惬意地用后脚蹭蹭耳朵。今年是第九年，却是唯一一次寻不见安凡。往常他总是早早在外等，接过筱俞手中的金鱼花，然后在梧桐树下习字听故事，有时候会教她针线。安凡的头发已经留得很长了，所以他总习惯束起来，有时随意些便半束着。筱俞半开玩笑地同他讲："哥哥，你以后要是改行，我第一个当你经纪人，没人能和我抢。"安凡笑着揉她头发，"真有那一天才好。"

　　步履声缓缓靠近。今日无生的长发并未束起，发梢下集满各色竹叶。他不好意思，抿抿唇，将散在额前的一缕白发拨至耳后。是少白头。脸庞虽暴露阳光下，却还是蒙着灰霜。"见笑。"无生放下手中的玻璃盏，蝶尾尾部原本还残存的一丝金黄了无踪迹。"筱俞姑娘今日想临帖或听书，或……什么也不做？"他从袍子里抽出白丝，将发高挽，发尾随梧叶跃动。筱俞跟着他走到清池边，听他自顾自讲。耳畔梧桐兀自抽芽。

　　开春了。

　　叩叩叩。助理从门缝探头。董事关上手机，走到桌前拉亮台灯。助理将袋子放在桌上，又退出去。袋子是布料，如水无褶，有波流逸。她解开，抖落出一件外袍。白羽轻纱，袖子镏金收口。衣领外倾自展无缚，领中一饰，制材不同，非金非银。

　　为蝶尾之尾。残半。

　　曰：无生。

　　一点碎碎念：

　　安凡、无生，虽是一人，但在实质上已经有了现实与理想的分立。安凡活于尘俗，有工作，为业绩而打拼；而无生的生活状态却完完全全是世人所谓仙人所为：自由啊，随性啊。而安凡转变为无生，也有不断出入灵魂的挣扎。一开始的刻意蓄发，后面闷声挂锁。也早有预兆。祖父陶冶，少时喜静之性情。无生是安凡的理想。

安凡的离去其实早有预谋。自四吊竹牌，一吊为空时。往后神态渐憔悴，蝶尾尾部金黄无迹。包括筱俞跟他半开玩笑提起经纪人，所感叹的"真有那一天才好"。（插点题外话：其实这里的经纪人，只是想说明一下安凡相貌精致之类。毕竟长发飘飘，古风少年。）

再是外袍和蝶尾。蝶尾并非鱼名，而是金鱼中的一类。尾似蝶翼，故名蝶尾。蝶尾是无生、安凡的灵魂所寄；外袍是安凡、无生的一生所念。"一片混沌……点墨成华"那一段，是这两重身份初态融合。

至于墨霓，是一种童真和天性之化形。快结束时困倦，却仍高傲，是一种不舍不屈。

最后是筱俞和开头结尾。不晓得是否有被猜中（有，那便是缘分了；没有，也没有关系）。比如说，筱俞是董事、安凡退休等一系列，实际上是名存实亡的意思。安凡的父母手中的鱼，是已经断尾以成衣的蝶尾。至于蝶尾残半，在绘画时那段"安凡恍惚回神，金鱼尾部已被噬走大半"有暗示。

对于筱俞，可能"大师"定义很简单，是安凡；但对于安凡、无生，他们的大师是祖父，是自己，是理想，是挣扎，可以很多很多。大师离去，为什么离去？因为无生完成了自己的夙愿吗？在最后一吊竹牌上刻上"无生"；因为安凡发现了吗？自己最终还是成为世人口中的仙人。他们的离去，恰恰是追，是寻。

岁岁平安

　　他们是邻居。住在小区最偏西南角的一幢单元楼，楼旁草丛有一窝无主的猫，为首的一只母猫黑毛白肚。周末岁岁会到小卖部给这一家子买火腿。绕半个小区，没有再远的距离。小孩子也从来没有心思去寻什么捷径，只要好玩——特别是男孩，热爱探险与制造惊喜。当然有时候，还有那么一点烦。

　　小岁岁天天踮着脚按平安家的门铃。"安安哥哥。"木门梆梆地响。少年皱着眉，牙刷叼在嘴里歪向一边，黑色的耳机线垂下，打着卷在白 T 恤前晃呀晃。灰兔子印花张了大口，却也没有办法把到嘴的耳机咬下。岁岁抓住了它，自然而然地塞到自己的耳朵里。他的耳窝太小，只能勉强框住，所以用手捂着，"我的作业写完啦。"他还记得男孩给他的条件，"我可以和你一起玩游戏机了吧？"说着就要挤进门。平安皱了皱眉，按住岁岁的头，"你不是有一个新滑板吗？""你要陪我去玩滑板？"手掌下露出的一只小眼睛亮闪闪。"当然不是。""啊，那我就陪你玩游戏啦！"

　　岁岁不在意平安的拒绝，因为他总有千百种方法去说服他，虽然常用的只有那么一种。"我不会吵你写作业的。"他拍着小胸脯保证。平安背后的厨房里有脚步声。岁岁瞅准时机，"叶阿姨！""欸，小岁岁。平安又不让你进来啦？谢平安，快去卫生间刷牙。叼牙刷走来走去不是好习惯。别学你爸爸。"岁岁在阳光里面笑。是得逗了的，骄傲地露出两颗小虎牙。"来一个小蛋糕，阿姨早上刚烤的。"

"切。"平安揉了揉被耳机线扯疼的耳朵——是方才岁岁窜过他胳肢窝时发生的"事故"——给岁岁回了一个鬼脸。"也不知道谁是亲儿子。"十五岁的平安这样想。

十五岁的谢平安已经很高了。可遗憾的是，不论是年龄还是身高，抑或作为"大哥哥"的体面和尊严，在面对岁岁时总是输得"体无完肤"——特别是在小区门口新开了一家玩具店以后。当平安带着岁岁跨出小区大门，玩具店对面正停着一辆大卡车时，他不禁心叫不好。"小树袋熊，又要和哥哥出门啦？"平安尴尬地对热情的老板娘扯了嘴角。"哥哥要带我去公园。""那玩得开心喔。"老板娘又回身指挥搬货物的员工。男孩松一口气，刚要迈腿，左臂忽地一沉。

好家伙。

于是傍晚，在这个点出门散步的人们又可以看到这样的景象——刚及平安腿高的岁岁结结实实在地拴在平安的腿上，小下巴搁在男孩的腰间，嘴角带出好看的弧线和一点点不明显的酒窝；小猫似的眼睛安安静静，翘起的睫毛却尽在张扬孩童的明快，让人狠不下心拒绝。此刻若再加调两句甜言蜜语，便该有人自愿献出自己的腰包。

可今天的平安烦得很。方才出门前，岁岁刚捣腾坏了他要送给自己喜欢的女生的工艺品。那可是他偷偷摸摸溜了好几个晚自习才做好的较为满意的成品，现却在送出礼物的前一天被摔了个粉碎。要不是妈妈拦着，要不是要偷偷瞒着，要不是急着圆谎——他早该把挂在腿上的小屁孩揍一顿！"哥哥，我们进去看看嘛。我今天不买东西，看看就好。可不可以嘛？"

我信你个鬼。

平安拍拍他的小手臂，示意他松开手。"你这样挂着，我怎么走?"岁岁露出两颗小虎牙。"我就知道……"脚尖不过点地，平安就像触了电一样飞跑起来，连一丝给岁岁反应的时间都不留。望着平安消失在路口的身影，岁岁怔愣在原地，胸前的衣服也只有空荡荡的温度，很快就被疾驰的摩托车带走了。等了一会儿，还是没有。影子也没有。岁岁也只是撇撇嘴，看阿姨搬空了卡车上所有的玩具，然后拉上卷帘门。车突突开走，被偷走的灯光再次完整地，温柔地，瘫倒在路面上。三只流浪狗跑过，一架老爷爷的自行车，几声喇叭，有一块小点在悠悠然地拉长。岁岁蹲下身慢慢张开手臂，白肚轻轻蹭他的手心。他漫不经心地学白肚有一声没一声叫唤，像下定什么决心一样定定望着平安消失的方向。老板娘耳后别着烟，正蹲身清点玩具的数目；门卫室的爷爷端着小卖部婆婆送来的茶，还听电视里的人物咿咿呀呀。那就去探险吧。

"去探险。"写到这儿喝了一口茶，放下笔抻抻懒腰。抬眼碰到窗外，月亮还是融化在铁皮棚上，只冒出指甲尖的大小。对面的居民楼只有一盏人家。现在他们终于舍得拉上窗帘，但不一定就进入黑夜。虽无意冒犯，不过孟琦知道拉上窗帘的窗子左边，大约几秒种后会再亮起几分钟昏昏然的灯——女人的身形就投影在眼前。她总是要俯身亲吻她的两个孩子，帮他们调整睡姿，盖好被子，以保第二天早晨孩子们醒来能够愉快与舒适。与此同时他们的卧室会传出细碎的流水声，像一种仪式般的指令，不由得让人打起呵欠来。

平安是在湖边的小草丛里找到岁岁的。小小的一团蜷在大石头上，几只小猫守在一旁。"谢谢你。"他给脚边的猫几块新鲜的火腿，掏出手机给两边父母发了短信，抱着浑然不知的麻烦鬼走回单元楼。急急忙忙从保姆所中赶来的秦墨兰脸已经成了青色。"怎么会跑去那里呢？我才走了这么一会儿……"自从三岁时晚上在湖边玩被树上突然跳出的巴掌大的蜘蛛吓得哇哇大哭，岁岁明明说什么也不再愿意去那里了。况且小区里面的小朋友他玩不来。秦墨兰忘记带岁岁家的备用钥匙，正要跨上自行车转回保姆所，被平安喊停了下来。"秦姨去休息吧，太晚了。有我妈呢。"

　　第二天早晨岁岁是在平安的房间里醒来的。平安正好走出厕所，和刚想再缩回被子里假寐的小屁孩对上了眼。他没有说话，抱着臂站在原地，盯着床上毛茸茸的脑袋的主人慢慢挪起身——还似乎有些不自在，拖一角被子揉在身前。"没什么想说的吗？""对不起。"几乎同时开了口。平安愣了愣，看小男孩茫然的眼神而后笑出声来。"认错态度倒挺好。"微不可察地叹了口气，从衣柜上拿出一只企鹅布偶。"想要吗？"岁岁急忙点几下头，蹭地就要下床，却又不知道想到什么，犹犹豫豫缩回被子里。"那听我说几句话，再做一个小保证。我就给你。"岁岁眨眨眼睛，挪了一块位置让平安坐下。平安看着他的眼睛，原本在洗手间打了半天的腹稿此刻硬是一点没挤出来——毕竟是自己先撇下的他。尽管是看着他一点点走进小区大门了，终究也没想太多就去忙自己的事。"总之，下次不要这样了。不开心也要先回家。"他抬手揉了揉男孩的头，又补上一句："不想回家的话找我妈，晚上她都在家里。""对不起，安安哥哥。"岁岁低头揉捻着企鹅的手掌。"好，我接受。""你下次能不能不要丢下我一个人跑掉？""我下次也不会放着你一个人在路上了。"岁岁仰起脸，明显十分受用，更用力地点了点头。平安刮了一下他的鼻子，岁岁挨挨蹭蹭地在平安的怀里缩成一团。"是小猫吗？""是小老虎。嗷嗷嗷！""就你……欸！别别别，你不能咬我，不能咬我！妈！""谢平安，一大清早你鬼叫什么呐，赶紧带岁岁刷牙，下来吃饭了！""知道了知道了！"他用手掌龇牙咧嘴地抵着岁岁的脸，扯开嗓子回应，"就来。"刚要起身，又被岁岁拉住了衣角。岁岁在光里笑，阴影只堪堪粘留在发梢。"还来？""抱抱？"男孩的脑袋实实在在撞上他的牙齿。于是那一天早晨，岁岁的碗里多了半块小牛排。"还笑？笑笑笑！上课要迟到啦。"平安掐了一把岁岁的脸。"保姆阿姨说她晚上有事，到时我去接你。还是站在校门口哦，不许乱跑。"

岁岁站在阳台上，扒着铁栏杆，看平安骑车拐过两道弯。晚上他们又顺着两道弯回来，嬉嬉闹闹。岁岁找到了不回家的理由，秦墨兰也由此得了不少空闲。她晾完最后一件衣裳，坐在竹凳上，两只手交绞在腿间。佝着腰，越过窗台望着小区墙外隐约的霓虹发呆。也好，她本来也需要点时间。这份工作时常让她感到无措。时常她走进小区，就会有人状若无意在她听得见的地方指指点点："欸，你知道吗，××省又有保姆虐待孩子被上新闻啦。""上次不还有一些偷东西的吗？真不知道那些有钱人家怎么想的，可真敢。""据说现在保姆都是从农村里出来的，难怪手脚不干净呢。""哪来的都一样。谁会心甘情愿去给别人带小孩？怕是自己生不了吧。"墨兰推自行车的手顿了顿，回眼瞪着三三两两聚在一起的长舌婆。那群长舌婆也不避讳，相互交接着摇摇头，甚至和秦墨兰热情唠家常，仿佛什么都没发生过。等看秦墨兰脸色终于不能再难看，才莱篮携着菜篮悠悠然地漫步离开。

完全不在意空穴来风的话，那是圣人才能做得到的事，况且她的确生不了孩子。生不了孩子，无法为家里男人传宗接代，这在她村里对任何一个女人、对他们的夫家来说更是极大的耻辱。她的男人表面不在意，私底下却也三天两头东奔西跑，正药偏方，两个人勒紧裤腰带也吞了不少，甚至双双赔进一回医院，身体反而更差了。好不容易怀了一个，却只过两月便没了声息。她难过啊，可又有什么办法？最终男方还是按捺不住了，逼着男人带那张纸回到家里。不用打官司，现实里哪有那样复杂呢？她又不识字，人家说什么便也就是什么。就算识字，也没有胜算可言。人怕言腌。什么孝心，勤快，老实，不还是败在两纸黑字？不过嫁时风光。"秦墨兰。"签下名后也潇洒地走吧，她第一次正视起自己的名字来。秦墨兰乘着公交晃掉了口袋里的零钱，挎着布包走进一个没人认识她，她看着尚还舒服的小镇。"能做什么？"她没有主意，人家也不缺人了。听说当月嫂总要受气，也平添伤心。她摇摇头，拐进邻近的保姆所，在那里落下她第一份工作。前两份兼职护工，都赢得了不错的口碑。"秦护工，听说您在保姆所工作？"医院邻床有个女人问她。发梢烫着卷，几绺碎发自然抚在耳边，笑容温和。眼神虽亮，却也是掩不下憔悴。"啊，是的。"她没来由有些紧张。"是这样，我有一个孩子，但是目前不太方便带在身边。我觉得把他交给您，我会很放心。"女人站起身来，"如果您愿意的话，这是我的联系方式。金额方面可以详谈。"她握了握秦墨兰的手。女人的手纤细白嫩，却没有一丝温度。然后带着风衣离开了，女人所照顾的老人也没有回来过。后来听说得了癌症。秦墨兰把女人的名片放入口袋，回身为病人调整输液管。"试试吧。"她对自己说。这一试便是三年。

秦墨兰用钥匙开了锁。罕见地，今天岁岁竟然在家。还没等她主动开口，岁岁就转过身，胳膊架在沙发上，头歪枕着看她。"秦阿姨，你喜欢安安哥哥吗？""安安？我当然喜欢他啊。"她感到莫名其妙，却也松了一口气。没想到只是这样的问题。"为什么大家都喜欢谢平安？"他竟较劲起来。"我们也喜欢你啊。""那不一样。"他仰身躺倒在沙发上，双腿靠着椅背，脚丫有节奏地摆动。"她们只是因为我和谢平安关系好。我不告诉她们，她们就不和我讲话。"秦墨兰笑着点他的脑袋。"你这小脑子里转的东西还挺多。吃饭了吗晚上？""吃了一袋小饼干。""那姨给你做点你爱吃的？猪油拌面？还是烧个茄子，炒青菜，熬碗皮蛋粥？""皮蛋粥。"岁岁在沙发面上打了半圈，弹起身从书架上抽下一本书，盘腿坐在落地窗前。对楼的小孩又因为作业被母亲训斥得泪流满面。现在六点半，再过半个小时楼上就会响起要命的钢琴。他好久没和妈妈好好讲过话了。妈妈只有过年的时候才回来。之前总的两回，一次和爸爸一起。去年年底还是一人回。

记忆里妈妈总是很温柔，会给他带新玩具，领他去公园放风筝，常常跟着他一起在草坪上疯跑，别的小朋友都羡慕他。但偶尔他回头，也会看见妈妈和秦姨相靠在石凳上，低头轻轻说着什么。一年后他从书上学到一个词，叫落寞，也是怅然若失。

怅然若失。路上岁岁一边牵着平安的书包带抱怨，一边想着便是这个词。"你的粉丝团天天缠着我，快把我给烦死啦。"平安耸耸肩，从侧袋给岁岁掏出一袋曲奇。"辛苦你啦。我妈刚做的。""哼，我要去告诉叶阿姨，你在外面拈花惹草。"平安噗地笑出声，勾过刚到手时的男孩的脖颈乐开了怀。"你在哪学这些乱七八糟的？""叶阿姨给我小饼干，我就可以去揭发你丑恶的行径。""得得得。越说越离谱，还丑恶上了？不过有一件事你的确要帮我传达一下。""啥呀？"岁岁把曲奇举到眼前。"看见那个姐姐没有？"姑娘听到声音转过身，向他们招了招手。她长得可真好看呐，岁岁心里想。"晚上我就不在家吃饭啦。""哦。"岁岁漫不经心咬下一半。女孩伸手摸了摸他的头。"岁岁果然很可爱呢。"

"还有啊，告诉你们小粉丝团。"平安帮岁岁抹掉脸上的碎屑，"我有女朋友啦。""知道了，麻烦鬼。"平安和女孩骑着电瓶车走了，岁岁依旧感觉浑身上下有说不出的怪异。回过神来的时候，饼干碎块胀满皱成一团的纸袋，被他狠狠掷进了垃圾箱。白肚没有等他。房间的灯是暗的。他一鼓作气冲上楼层，没有去敲平安家的门，拐进自己的家。"小孩子置气而已。"秦姨晚上和妈妈打电话汇报岁岁一天的事。以往岁岁总会插几句，但今天没有。他走到客厅收拾好自己的书包，把给白肚一家的火腿放在茶几上。然后洗漱，定好闹钟，才到秦墨兰的房门前敲敲门，推开一条缝做一个"晚安"的手势。

原本已经拉掉夜灯。几分钟后又把它打亮。岁岁踮着脚到窗台前，把藏在窗帘后的企鹅又重新搂回怀里。他才不是小孩。

第二天是周末，但岁岁不会赖床。自从平安上了高一，也就是三年前，妈妈离开的时候，岁岁就再也没赖过床。再说，白肚还在楼下等着他带火腿呢。"小白肚儿。"尽管从猫的年龄上来讲，白肚已经妥妥实实是个老妇人，岁岁还是乐意这样子喊它。谁说猫不能拥有自己的少女心？况且还是长期混迹广场舞大妈队里的老手。如果不是被那几个小孩偷袭跛了一条腿，它的姿态一定更加优美。岁岁将装香肠与罐头的袋子藏在身后，想白肚故作矜持的模样：如果正好在打理自己，它就会放慢舔爪的速度——仿佛颇有耐心，没有什么可以诱惑到它——一边打量岁岁，等待他打开香肠或罐头，等待他轻柔爱抚。一只，两只，三只。岁岁推开单元门。有两只是刚出生不久的幼崽，"咪呜咪呜"躲在母亲腿后叫唤。它们都是白肚的宝贝。那只产崽的母猫继承了白肚的黑皮与健美，夜空蓝的眸子总有许多接纳世界的耐心和待倾说的故事。他喜欢那一双净地，尽管此刻布满的都是忧郁。

没有白肚。"你们知道白肚去哪了吗？"他蹲下身，希望从那双与白肚相像的眸子中找到答案。它没有说话，只是走上前来用鼻尖轻轻触碰岁岁的手掌。"以往它会和你们一起过来的。"小猫崽似乎还未熟悉他的气味，岁岁探身打开袋子的时候它们忽地惊惶窜到母亲身侧。岁岁把香肠与罐头倒在盘子上，站起身，顺手带一把小猫的在半空一晃一晃的尾巴。"早餐愉快。"

半个小区的距离，岁岁不记得已经走过多少遍。沿着椭圆形外墙，有两个拐角，一个拐角一幢楼，先8号后5号，昨天刚换上了红色的标识牌，除了显眼以外与小区蓝砖墙的清淡格调十分不搭，还不如原来的金色，生动还有活力，左手边临时停车场的花坛种了几株凤尾竹，低矮的有细细碎碎黄的白的粉的，浮在绿幕前一样姿态。另一半也相像，人们常会因为卡在自家轮胎后的垃圾而上火。几番说不出是喧嚣还是无味，岁岁都认认真真看上一遍，甚至是湖的周围。那块大石头旁——事实上他早就不怕了：这里是他和白肚的秘密据点。开心的不开心的，平安准备高考的时候没空搭理他，他就和白肚猫在这，一人一猫，两根香肠。"平安上次帮我教训的那几个人现在已经不敢欺负我了……我让他教我几招好下次防身……人太多了我不能打给你看，下次吧。""下次……妈妈说她工作快稳定下来了，想接我走……你知道我走对你意味着什么吗？意味着你没有香肠吃，没有罐头吃，可能还要动不动和其他猫咪抢饭吃……别这样看我。不过你这样胖真的能抢到吃的嘛？"白肚低嚎了一声，抬起爪子愤愤地往岁岁大腿上砸去。"好啦，开玩笑的。就算我走了，你的粮还有秦姨在照应呢，丢不了。"有时候岁岁也觉得自己很烦，不知道白肚怎么想。应该总会有一天受不了，突然跑掉后再也不回来吧？他们说猫实际上并不理解人的感情。"白肚，你真的知道我在说什么吗？"可它总是那样安安静静趴着，像不厌其烦一样分享他的喜怒哀乐，听他说完一段又一段，甚至会走过来拍拍他的手背。它必然是明白一些什么的吧，否则为什么每次都可以在他感到无措的时候给予最恰当的安慰？岁岁终于说完了，站起身，白肚也跟着他走出草丛，不远不近地跟着。它从来不愿意走在岁岁前方——防止又有小孩子从后面偷袭——那些石子是冲着岁岁来的。白肚什么都知道。"小白肚儿，明天见啦。"

　　秦墨兰还是很喜欢小动物的，只是不大敢养。"世上这么多事，少一分牵扯是一分，人越老越承受不起伤神。"岁岁不愿理解这样云里雾里的话，但故事他听懂了。"我爸在我小时候带回来过一只猫，也是黑的，巴掌大一团。人家说黑猫抓老鼠厉害，也确实是，一连几年家里头都清净，吃的随便搁着。后来一天我爸出差，我们几个姐妹应当也是在外头玩。傍晚回家的时候，我妈说猫受伤了，伤得挺重。我们去看它，想喂它吃饭，可是它硬是躲在桌底下不肯动弹。那天晚上爸没有回家，它也就一声长一声短，呜呜咽咽叫了一晚上，直到第二天正午我爸回到家。它看见我爸了，也就看了一眼。颤巍巍支起前腿，长长号了一声，那声音我至今记得，让人心尖发慌。""死了吗？"岁岁努力瞪着眼睛，泪还是不受控制地掉下来。"傻孩子啊。好猫是活不长的。"她无奈地笑着摇头，拂手轻轻揩去岁岁衔在眼眶的泪水。"你的那只小猫，我们可以选个地给她落个窝。冬天怪冷的。"

他们给白肚选了一个最好的竹编窝，用旧衣服依四季给它更换。它就在那里了。"小白肚儿。"岁岁清了清嗓子，悄声走近。"你今天怎么赖床了呀？"

孟琦醒来时已经是下午四时。缓缓翻一个身，还未来得及打呵欠，就被满屏的读者信息晃瞎了眼。这样的情况不是头一回，但他还是饶有兴趣地打开信息弹框翻阅起来。

"不是吧不是吧，这剧情发展令人慌张。白肚领盒饭预警？"

"白肚领盒饭预警加一。孟琦大大求多给白肚一块鸡腿。"

"危危危。"

"别啊，留给铲屎官一条活路吧。@孟琦"

孟琦赤脚走到落地窗前，缓缓拉开一条缝隙，让扰了冬阳色泽的冷风带走屋中过于干燥的空气。习惯了南方的刺骨潮寒，真正亲临想象中的拥有暖气的生活还是该适应一段时间。南橘北枳。

他低头打开输入框："鸡腿备料充足，请各位铲屎官放心（微笑）。"不尴不尬，却又有些突兀。孟琦盯着手机纠结了几秒，刚下定决心撤回时才发现为时已晚——读者们正因为他百年难得一遇的出现而欣喜。"算了。"孟琦又这样对自己说。从衣柜里托出一件毛衣，冲一杯暖洋洋的苦咖，然后找一把带扶手的靠椅。就那么静坐。鸟，麻雀。树，白桦林。闹腾的狗，抓狂的小孩被羽绒毛线帽团团挤住。酸涩黏稠的液体，来了，直击喉口。

　　鞋盒被岁岁死死扣在怀里。牛皮纸面，几道早已干枯的暗红血迹，分不清是属于岁岁，还是白肚。白肚的呼吸即将要流干了吧，岁岁也一言不发，就那样站立着，站立在白肚最后望着他的地方。"已知是死亡的宽容。"这句话说得真好。过几天，野草和落叶就会吞掉白肚的最后一丝痕迹。存在过的证明，一丝不留。

　　没有人管他们。岁岁也不想博什么关注，面无表情地看"失足落水"的胖子被救起。像裹着烂布的树桩。胖子蜷在喧杂之间，嘴唇乌紫，涕泗横流——人们都与他保持距离——张着大口，像每日被肉贩搁在案板的猪头。只是表情不够祥和。号啕大哭，狼狈不堪，打着刺耳的饱嗝。原来还被打掉了一颗牙齿。岁岁在没有人能发现的阴影里，咧开了嘴。又一滴血，洇在盒面，洇成了几支花骨朵。他忙腾出右手，却发现右臂麻木得像被抽空力气。"算了。"他抽了声鼻子，满不在乎坐下，与树丛外的世界隔绝。"算了。"他倚着被掀翻的竹编篮，小皮球，木陀螺（残留白肚细碎的牙印），各式各样的小玩具和几块小鱼干散落一地。"算了。"他最终还是将猫窝中掉出来的毛衣揉在怀里。眼泪在手电筒照过来的那一刻，决堤。

　　那是岁岁第一次打架，但他并不觉得赢了的人有多光荣。在胖子的奶奶扒着门歇斯底里向秦姨要说法的时候，平安正给他的脸上涂药膏。白肚的死，他又能找谁要说法呢？血迹从小区门口一直沿伸到草丛。那一刻他并不希望白肚还活着。他不想和秦姨的父亲面对同一份痛苦。所以他刻意绕了远路，走了两遍小区，选择从猫窝的背侧去揭晓现实。之后，之后。他忘记他是如何回家。也许就是在那时候惹上麻烦。

"恶心。"平安将沾染碘酒的棉签扔入垃圾筒，仰着头看岁岁。没想到平日偎在自己身后的小孩下起手会这样狠。"打架的感觉太恶心了。"岁岁低下头，却没有与平安对视。"胖子脸上都是油。嘴里臭得像咽过狗屎。"平安轻轻"嗯"了一声，牵过岁岁的右手查看伤势。关节裂了好几道口子，透着乌青。"疼吗？"岁岁没有搭话，伸脚尖——咔啦，咔啦———一下一下转着平安身侧的垃圾筒。搞了两下，又失去兴趣。他们坐在落地窗前，一高一低。大风像陀鞭将垃圾袋抽得东倒西歪，像辨不清道路的醉汉。岁岁点点头，又摇摇头。"我们待会去给白肚找个家吧。"平安顺着岁岁的目光：鞋盒在窗帘前温顺地卧躺着，和白肚，和一个朋友的灵魂一起。"但我们要先和人家道个歉。"

"我不要！"岁岁扭回头直视着平安，刚被安抚下的火苗又烧上眼眶。"我不要道歉。没有什么好道歉的。"他别开平安的手，垂眼吸了吸鼻子。平安按掉嗡嗡作响的手机，顺手放到地板上。"真的不再考虑一下吗？"平安也不生气，重新把岁岁的右手放到自己的掌心。"可是你打掉了人家的一颗牙齿，还把人家推到水池里。"他缓缓摩挲着岁岁的手背，小心翼翼避开伤处。"这样的惩罚也已经足够了呀。""可是……""可是他先嘲笑了你，后面你们打架的时候他还掐着你的脖子？"岁岁的呼吸不知道什么时候已经平稳下来。他看着平安。"我告诉过你了呀，不要理他，他自己感到无聊的时候会走。之前你不也做到了吗？""不一样。"岁岁眨了眨眼。"哪里不一样？"只是因为一只猫。"白肚，不一样。"平安停下手中的动作。"如果你被……你被欺负了，我也会去揍欺负你的人。"岁岁不自然地清咳两声。"就是这样的，不一样。"

平安被岁岁认真的眼神逗笑了。两个人不知道为什么，就稀里糊涂笑作一团。平安的脑袋搁在岁岁的膝盖上。岁岁仰着头双手支在床板上。他们笑垮了风，笑走了云，笑出了星星。平安终于能站起身来，揉揉岁岁的头发。岁岁的眼里都是他。"心情好了吗？"岁岁点点头。"想明白了吗？"岁岁把手伸给了他。"那我们走吧。"

想明白了吗？岁岁躺在床上，一手牵着平安的衣摆。秦姨在外头和妈妈打电话。"安安哥哥。"他其实并没有想明白。"妈妈说她工作稳定了，在她工作的地方有了房子，过几天她要和爸爸一起来接我过去。"平安还在低头发短信，草草"嗯"了一声。岁岁把平安的衣摆拧成一小股麻花，用力往下一扯。"平安，我不想走。"平安关上手机，回身伸出手用食指勾了一下岁岁的鼻梁。"别犯傻，这也不是你能决定的。"他坐在床沿给岁岁拉了拉被子，"再说，爸爸妈妈要接你去他们的身边是好事。换一个新环境，交一些新朋友。"岁岁叹了口气，"你知道我和其他小孩玩不来。""总会有和你一样的男孩子的。"秦姨轻轻推开门，岁岁坐起身不满地看着她。"平安，玳若过来找你了，你快去吧。"她脸上泛着笑，好像处于热恋中的人是她一样。"岁岁交给我就好。"于是，平安脸上也挂着那样的笑。岁岁看着平安挂着那样的笑与他告别，走过地毯，走过书柜，直至带上房门。落地窗还是没有关，白肚也是不见了。岁岁猛地踹了好几下床板，咬着被角闷声抽噎起来。

走的那天早上，岁岁只来得及同秦姨和平安的妈妈告别。叶阿姨照例像往常一样给岁岁一袋新鲜出炉的蛋糕，还有几块猫咪图案的巧克力。"到的时候要给阿姨报平安哦。"岁岁抱着企鹅布偶，乖乖地点了点头。回头，妈妈正把一个文件袋交到秦姨手里。

"过户手续都给您办好了，您就安心住下吧。"秦姨只知道点头，张口就是"谢谢"，也不知道说什么好。"多给自己一点机会。您现在年龄也不大，我这边也有几位条件不错的。您要愿意，我给您介绍。"女人们就女人的事，相谈甚欢。岁岁跟在她们后头，背着一个小挎包，一步一步告别了生活九年的小楼。放行李箱，关上车门。打开车窗，正巧看见胖子拽着他的那群朋友出门，岁岁还笑着同他们招了招手。不管他们的惊愕，反正以后都见不到了。他贴着企鹅的脸蛋，无视朝阳，听着远方无色的烟火。"那么，走了。"

　　走了，到新家。新家比旧公寓小了一些，和父母挤挤挨挨住了三年。四年级，五年级，六年级。孟琦咬着笔杆，那几年过得着实平淡。刚开始的时候他还可以给平安打电话，但后面断断续续就没有了联系，偶尔给对方的朋友圈点个赞。妈妈呢，给秦姨介绍了对象，给他报了好多实习班（但游泳课被他坚决地驳回，导致现在二十几岁的他还是旱鸭子，只能偶尔去泡个温泉）；然后就是每天做数据，做报告，和爸爸因为谁洗碗这样的鸡毛蒜皮的事吵架。有一阶段公司裁员，那时候他应该已经在毕业班。妈妈被裁中了，爸爸终于开始真正负责挣钱养家。至少那时候的岁岁是这样想的。很长一段时间，爸爸抱着手提电脑早出晚归，妈妈天天守着手机，电视，电脑，甚至报纸，寻找招聘信息的同时一边接了几单家教工作。她一直是要强与独立的女人，所以也要求岁岁把自己管理得很好。后来妈妈终于找到待遇与她先前相似的工作，一家人还计划出去庆祝一番。爸爸在房间换衣服，手机落在客厅的茶几上。来电铃声响了。"一定是餐馆有空余位子啦。我们可真幸运。"孟琦还记得当时年轻的妈妈的表情有多么兴高采烈，他也就跟着笑了。"故事就是应该在不经意间给你惊喜。"

　　说要吃大餐的晚上，岁岁吃了一碗鲜虾煮面条。今晚的虾没有去壳。他帮妈妈剥好虾，整齐地码在碗里。妈妈在房间打电话，说的是他不知道的事。他不知道要强的女人流泪应该怎样安慰，只是静静踏入房门，又退出来，反反复复，最终只倚在门框边上。房间里仅亮一盏小夜灯，妈妈抱着腿，蜷成一只刺猬。"赌。他又去赌。我都跟他说了多少遍他还是不听我的话。他的玩心怎么就这么大呢。他还骗我，骗我说要用钱给客户买材料……我居然信了他的鬼话。"江璨的头埋在臂弯里，长长的卷发裹住她的神情。"墨兰，这样提心吊胆的日子，我没法过了。"岁岁抿了抿嘴，走回自己的房间，像往常一样打开灯，摊开作业坐在窗前。既然没有办法安慰，也至少不要让她更难过。他拿起笔。空空转了几圈，眼前都是男人方才离家前的眼神：愤怒，不解，悲伤。岁岁拿捏不准——或许还有委屈吧。"爸爸对不起你。"那妈妈呢？但他没有问出口，事实上他对这个家一无所知，手机在木桌上打着旋，一下，一下。"你在哪？"男人也没有再回信，有弹珠跳动的声音，岁岁站起身拉开窗户，巷子口姜黄色的灯光被推搡得支离破碎，在红砖半壁烂成一朵花，低顺着眉眼。云低垂着，要下雨了。夏日的雨永远散发着潮热的喇叭声，锅碗瓢盆在他家窗前叮叮哐哐地奏响。八点钟。平安家里在夏天也吃得这样晚。

打开消息记录，最近一次和平安联系是三个月前。除了前年回镇参加秦姨婚礼见了一次面以外，他们就再也没有碰过面——岁岁不习惯同人用视频沟通。"喂。"岁岁小心翼翼地拨通电话。"岁岁。""嗯。"平安的电话那头依旧十分吵闹。"平安……""平安，到你啦！快快快，玳若情歌对唱！""等等！我接个电话。"又是那种感觉。一袋碎掉的曲奇饼。岁岁换了一只手，关上窗户。"喂，岁岁，你还在吗？""嗯。""怎么啦？我在给玳若办生日派对。""没事，你去忙吧。"岁岁突然不想说了。"怎么啦？跟哥说说。你听起来不大高兴啊。发生什么事了吗？有人又欺负你了？"

53

岁岁环着企鹅布偶的手臂松了又紧。"没……真没事儿。就是想给你打个电话。那什么，你去玩吧，我改天再打给你。"他匆匆忙忙挂断了通话，将手机往床角一扔，摊倒在床上，用被子蒙住了眼睛，棉织的被单将脸磨得发热生疼。搞什么啊。本来没有想哭的。岁岁张大口，奋力地做几个鬼脸，拼命地想一些开心的事。他想到前几个月海洋馆里的企鹅，想到邻居奶奶家的圆滚滚的橘猫，想到天上盘旋的风筝，想到十五岁平安的 T 恤上那只大灰兔。它们都曾在某个瞬间让他心中一动。它们就在那里，清晰明亮，憨态可掬。但岁岁就是开心不起来。堵得慌。手机没有来信，空调外机嗡嗡作响。女人进来过一趟，端着一碟水果，牛奶尚还温热，她走到桌前，拿起岁岁昨日测验的试卷。唯一一道错题被摘抄到错题本上，订正得工工整整。她俯下身，在试卷的左上角签下了名，意外看见台灯底座上贴的标签，一时间不知道该作何表态。"妈妈别难过，有我在呢。"她将纸条反反复复看了三四遍。六年级的小男孩，是不是太过于懂事了呢？她想起同幢楼里那几家家里的男孩子，和岁岁一样大的，有哪一个不是令人头疼的呢？床上的小家伙翻了个身，胳膊肘间还夹着企鹅布偶，细微的鼾声挠动着女人的眼睫。她将小纸条叠得方正，塞在手机壳里，蹑手蹑脚帮岁岁收拾书包，又轻轻坐在床沿，悄无声息地在岁岁眉间落下一个吻。"宝贝，起来冲个澡，把牛奶喝了再睡吧。"

　　连续两天早晨，岁岁起床的时候都看见江璨手中握着装着半杯牛奶的杯子，盯着餐桌上倒置的报纸发呆。"啊，面包糊了！"然后又慌慌张张跑进厨房，出来的时候带着一脸尴尬与歉意。"爸爸还没回来吗？"以往三餐都是男人在打点。"我们待会去外面喝粥吧。今天天文馆有开放，你想去看一下吗？"岁岁知道问错了话。"好啊。"只是他没有想到男人会离开这么久。岁岁将客厅的窗帘拉开，收拾好沙发上散乱的材料，在桌底发现两听空空的啤酒瓶。他抱着毛毯推开妈妈卧室的门，爸爸的衣物散落一地。他屏着气小心翼翼绕过，却不知道被什么东西硌了个趔趄。梳妆台上倒了一个首饰盒。"岁岁，快点去穿鞋，我们要出门啦！""好。"掉了一枚戒指，躺在岁岁的脚边。岁岁把它攥在掌心，透着拳口往上向着阳光。细碎的星星一闪即逝。

"江璨。"她止住脚步，站在最后一级台阶上。男人的身上还穿着前两天离家时的白衬衫。他看见了跟在女人身后的岁岁。岁岁也看着他，等待父亲的下文。"江璨。"他原本以为女人会像先前一样歇斯底里。但什么也没有。下一秒，江璨便移开了目光，低下头，像是自嘲着叹了一口气。"回家吧。"然后擦过岁岁的肩自顾回了家。岁岁依旧紧紧看着男人。男人的拳头始终紧握着，戒指在阳光下闪闪发光。风穿过他的太阳穴，在他的眉间堆起一座小山。"先回家吧。"父亲最终只说了一句话。岁岁抖掉男人想要搭上他的肩膀的手。"懦夫。"他撞过男人的肩膀跑开了，不顾男人僵在半空的手。他恨男人的胆小与卑怯，却一样无可奈何。到底也不知道在生谁的气。岁岁一直跑到江对面的天文馆门口，秋日的风扇得他眼眶通红。

那天晚上男人回到了家里。江璨为他倒了一杯水，但始终不发一语。即使男人做了她最爱的糖醋里脊，做了岁岁最爱的松子鱼。他默默走进房间把一切打点干净，被扔到地上的衣服也一件件经过手洗。这是她的规定。即使他依照女人的要求将家中一切打点妥当，坐在沙发上等待女人的回信。江璨五点四十分出门。六点，六点三十分，八点。桌上的饭菜热过又热，他干脆靠在墙上，闭着眼听着微波炉机箱发出的嗡嗡声，一遍又一遍。或许这是他能够听到的，属于这个家的最后的声音了吧。手机重新充满了电，贴在他的口袋里。它振动起来，在九点零八，托盘停止转动的前一刻，他寂死的心又活了过来。江璨发了一条朋友圈，坐标在他们大学时期常去的餐馆。糖醋里脊，松子鱼。他默默关掉手机，终是没忍心将饭菜倒入垃圾桶里。原来菜早已经失去了火候。"人要是能像饭菜一样简单就好了。"是啊，可为什么不行呢？江璨。他咬下蜷缩成一团的青菜。涩得发苦。里脊是里脊，鱼是鱼。混杂着米饭在口腔内反复碾转。鱼刺扎破牙龈，嘴唇痛得发干。他收拾碗筷，把调料放归原位。吃不完的米饭淋上最后一点酱汁，用来喂楼下的猫狗。没有什么遗漏的了。湿衣服装进袋子，留下几件女人最爱的衬衫。道歉信还是要发的。除了关上电灯，锁好门，他似乎也不能再做什么了。"记得让妈妈按时吃药。"

岁岁把手机揣回兜里，看车前镜里的女人戴着蓝牙耳机不知和谁谈笑风生。"好。"他不知道父亲是否见到，妈妈手上已经没有了戒指。张狂的红指甲油。那是江璨曾经扬言过的最厌弃的颜色。

"阿姨还好吗？"岁岁终究还是没忍住，在江璨熟睡之后给平安打了电话。"我不知道。我看不懂她。"岁岁把嘴唇贴在手背上。脱离了棉被的庇佑，皮肤很快变得冰凉。岁岁甚至轻轻打了一个寒颤。"她之前丢了工作，压力一定很大吧。""嗯，我知道。""叔叔……"还未等平安说完，电话那头的岁岁就突然像一只逆了毛的小狮子一样怒吼起来。"我不明白！我不明白！为什么要搞成现在这个样子！明明他们的矛盾可以好好解决的啊，明明都会好好讲话的不是吗？为什么一定要去伤害对方，他们明明就不开心啊，平安……为什么啊？你说过有爸爸妈妈会更好的。我只是不明白。我知道我应该尊重他们的选择，他们也一定拥有各自苦衷，拥有不得不分开的理由。"岁岁。"平安没有再说话。岁岁把手机紧紧贴着耳朵，听着再熟悉不过的呼吸。"岁岁。""嗯。"他从来不急于同他讲道理。他知道他什么都明白，也不想说什么"大人身不由己"这样的空话。没有人可以真正由着自己，这一点岁岁从小就清楚得很。"会好的。""嗯。"只是需要有人在而已。

孟琦抻了抻懒腰。推开窗，微凉的天气，阳光正好。他决定出去走走。临行前有人打来电话。"好，我在家等你。"

　　看来只能再往后推迟出门的计划了。孟琦从客厅晃到厨房，开遍橱柜和冰箱：咖啡、蔬菜、速冻食品，除了雪糕——总不能拿这些东西招待客人。"喂，哥，我能不能拿你点水果？""怎么，终于想要健康生活了？"怎么可能。"不是，我招待朋友。"平安有些讶异。但听孟琦少见的支支吾吾的姿态，心下便了然。这朋友的脸皮还真是厚得很。"自己去拿吧，顺便帮我看看小允有没有好好写作业。我晚一点回去。""明白了。"孟琦笑着挂断电话，拿起对门家的备用钥匙走出了门。他切了两碟水果。一碟留给小允。想了想，又从储物柜里顺走两泡红茶。

　　"来啦。""嗯，给你的。"是一小块提拉米苏。"谢谢啦。进来坐吧，别干站着。"两个十年未见的老朋友应该说点什么呢？岁岁表面对俞景的到访云淡风轻，"你还是一点都没变。"俞景不好意思地挠了挠头。"得了，都是三十好几的老男人了。""还像一个高中生嘛。""你不也还是喜欢吃甜食。""谁告诉你到了三十就不能吃甜食了？""我没那个意思。"俞景双手接过茶喝了一口，意外地扬眉。"手艺还不赖。"岁岁不置可否地笑了笑。"你最近还在写文章。""不是问句嘛。""是回忆录之类？""也就你看起来是了。"岁岁挖起一勺蛋糕送到嘴里。"会有我吗？"问得倒是坦率。"陈俞景，你此行目的不纯呀。"岁岁看着他，微微弯着眉眼。俞景也学着他的样子笑。"好吧，虽然不知道什么原因，"岁岁舔了舔嘴角，右边露出半颗虎牙，"但看在提拉米苏的份上，我可以给你剧透一下。"

　　一个大行李箱，一个小行李箱，岁岁从枕头底下拿出平安的相片，塞在书包的贴身隔层里。"把桌上的牛奶喝掉，我下去开车。"对于学校寄宿，江璨女士实际上并不情愿。"你一星期可以来一次嘛。"岁岁倒并没有在意。"要不是那所高中还不错，我才不放你去。"江璨自顾自低头嘟囔，挑了大箱子拖着就要下楼，被岁岁拦下了。"小的比较轻。"江璨白了他一眼。"就知道把你妈当丫鬟使。"岁岁哭笑不得。

江璨晃晃悠悠到了楼下，箱子一放，理理裙摆步态端雅地甩着车钥匙走进车库。岁岁跳下窗台，走出门敲了敲楼梯的铁栏杆。"老爸，下来了。"男人走路的姿势有些一瘸一拐。"蹲太久，腿麻了。"他憨笑着，却不忘帮岁岁把大行李箱拖出家门，"快走，碰上你妈我就惨了。"岁岁叹了一口气。"三年了，你俩这小孩子脾气什么时候能把事拎清楚？"男人又没听见岁岁讲话。哐当。"轻一点，别磕轮子！""好！"这倒是听见了。"算了。"岁岁掰几下门锁，把钥匙塞进口袋。反正现在还不赖。

岁岁把箱子甩上车，关上车门。现在是他在做这一些事了。"发什么呆呢。"江璨抬起手揉了揉他的后颈脖。他支着下巴时不时看后视镜——一辆银灰色的面包车一直不远不近地跟着。江璨一定也发现了。"睡一会吧，到了叫你。"不表露一丝痕迹，不过是一不小心错失掉本可以轻松通过的两个绿灯：在她以为岁岁已经睡着了以后。

说是重点高中，除了地处偏远其实也没有什么太特别的地方。岁岁推着行李，江璨撑着太阳伞在一旁紧紧叨叨。"我觉得我还是应该穿那双高跟鞋。"越往宿舍楼，环境就愈加吵闹。岁岁皱了皱眉。"您已经够好看的了。"他不喜欢接受太多的目光。"啧啧，我家的小朋友比我还有魅力。"江璨却不以为怪，碰上这种事总是不着调地调侃。 "我去看看公告栏。"岁岁走到人群的最外层。"6308。楼梯拐角直走第三间。"他默默记下，回头想要招呼江璨，却发现又只剩两只箱子在原地敞着八字。

"陈俞景！"果然，他看见江璨兴冲冲地从人堆里钻出来，径自挽他的手臂，"陈俞景欤，你舍友的名字。"又有目光向他们这边投来。"知道。"岁岁不自然地抬手压了压帽檐。"听起来是一个很阳光的男孩子啊。"他没有再答话，埋头一左一右，两只手同时将行李箱扛上了楼。

轮子终于落地，岁岁紧张的情绪却依旧无法得到缓解。江璨天生就是一个演说家：她镇定自若，毫无顾忌对来人点头微笑，仿佛是这座校园的主人。"把书包给妈妈啦。妈妈来这儿就是要帮你的啊。"江璨将岁岁的书包硬抢过来抱在怀里，往前走几步，又回头对岁岁做了个鬼脸。轻巧的姿态像一个不谙世事的少女，清脆的笑声引得阳台上闲聊的女人皱了皱眉。

"你们来这么早呀，吃过午饭了吗？"江璨笑脸盈盈地走进宿舍门，原本架着晾衣杆打闹的两个男孩瞬间乖巧万分。"阿姨好，我们刚吃过了。""那就好。"她把手中的书包往上颠了颠，环顾四周。"岁岁的床位在哪里呢？""在这，我旁边。"俞景连忙把搭在岁岁椅背上的袜子扯下团到自己手里。"喔，好的，谢谢你！你就是俞景吧？和我想象中的一样呢。"又是这样。岁岁站在门口深深吸了一口气，行李箱的手把上早已潮湿一片。江璨总是这样自作主张地为他预先打点人际。"岁岁以后要烦你多照顾呢，他是性格比较内向的小孩……"汤瑞杰默默站在一旁，看着自己好兄弟的手被一位妙龄妇女握了又握，女人的神态仿佛在面见未来女婿——他便着实有些牙疼。被唤作岁岁的男孩的确长得一副文弱皮囊，五官秀气干净，但又很有精神，气质不同于"书呆子"，和他这类长期混迹于油水糙汗的也显然不是一个款。汤瑞杰靠在栏杆上打量着岁岁，又把目光转向站在衣柜旁喋喋不休的女人。一对母子，两种极端。

"俞哥，你注意到没？"

"什么?"

"新舍友啊。"

"怎么了吗?"

"你不觉得这小伙眼神怪冷的吗?我本来想跟他打个招呼,结果被他一个眼神吓得差点突突。"

"哈,这能不能行了你。"俞景仰脖喝干了最后一口汽水,"我觉得他长得还挺乖。"

"乖?!老陈你没瞎吧?"汤瑞杰的头当即挨了一记手刀。

他们一路打打闹闹,见到几个初中一同升上高中的哥们,便顺势相约傍晚到西门球场打球。时间尚早,俞景他们决定先把书包放到教室,再到天台去打几把乒乓球。"他怎么在这睡?"俞景跟在汤瑞杰后面推开了门。岁岁似乎听到了声响,但挪换一个姿势后就再没下文。两个男孩又蹑手蹑脚出去,俞景回手轻轻带上了门。

等到脚步声从窗尾彻底消失,岁岁才肯睁开眼睛。但他依旧不想动弹,便偏着头数窗外过了季的凤凰花。每一棵树上零散几朵。点在凤头,恋在凤尾。"要好好照顾自己。"话多得连麻雀都自愧不如的母亲,在临别前舌头转了几个弯,却也只说出这样几个字来。他知道母亲的意思,他知道他在初中部分经历对于母亲来说还是迈不过的坎。他也害怕,害怕妈妈没有人照应的时候会独自胡思乱想。母亲示意岁岁弯下腰,在他的眉间轻轻落下一个吻。岁岁也只能给江璨一个拥抱。"我们都会加油。"汽车碾着夏末的尘埃远去,即刻就没了踪影。人行道旁,凤凰木那金黄的仅有指甲盖一半大小的落叶,也乘着突袭而来的风,溅落在岁岁的衣摆。有什么不一样了。虽然现在的他依旧蜷卷在嬉闹的人堆里,独自受一隅的阳光照耀,怀抱中还是飘忽不定的空气。抓一把。是不一样的。俞景和汤瑞杰正慌慌张张从楼上的天台奔下来。

"汤杰瑞，手表不走了你怎么会不知道？""你不是号称观人潮的好手吗？人都过去几波儿了，啊？你不是都没反应？""吵什么吵！开学第一天就因为打球迟到，还有心情吵？待会一人领半个教室值日。""啊，别呀老师……"俞景赶忙把汤瑞杰拉住，态度极其诚恳地道了歉后便推着他到位置上坐下。"不是，俞哥。我们不都和老徐他们约好了放学……""闭嘴。你没打听吗，咱班主任可不是什么好糊弄的料。没让你写800字检讨就要感恩戴德了。"俞景的声音不大不小，后面几排的同学恰好可以听到，都不约而同低头笑起来。"陈俞景。""到！"他蹭地站起来，带倒了椅子，又引得哄堂大笑。"很活跃，很有思想觉悟啊。"王老师似笑非笑地推了推眼镜。"老师看好你。坐下吧。""谢谢老师。"似乎注意到岁岁看他的目光，俞景偏过头对他在桌底下招了招手。

"欸，我们第一次见面，你真这么想我的？"俞景从密密麻麻的手稿里抬起头来，笑指着一段文字不顾孟琦的阻挠念出了声，"那一刻，怀中飘忽不定的空气似乎也得到了安抚。"孟琦肉眼可见地打了一个寒战。"怎么了你？""你念出来的调调太肉麻了。"孟琦剜了俞景一眼，将盛蛋糕的纸片塞回蛋糕盒里，指尖还残留着一点提拉米苏的味道。甜与苦的比例恰如其分。"真的就这样？""真的就这样。""我是说内容。""内容也是这样。"孟琦盘腿坐到沙发上，吹开杯沿的泡沫浅浅抿了一口黑咖。"你知道的，写小说总是要有部分桥段来迎合读者的心理需求，再为下文主角的关系埋下伏笔。"俞景看着他的嘴唇一张一合，仿佛谈论的真的是别人的故事。"还有不明白的地方？"孟琦又看向别处。"没了。"俞景的笑依然保持着相同一弧度，但眼眸里的情感已经慢慢退去。点到为止。他们知道他们在撒谎，但谁也没有点破。只是静静等着，等着那一缕破土的温度在冷气中推拉半就，又回到原点。"真的就这样?"孟琦和俞景都知道答案,但孟琦只是冲俞景扬了扬下巴,除了示意他往下接着读以外,没有再多言语。俞景耸耸肩,翻开新的一页。

新班级的座位按入学考的成绩安排,俞景和汤瑞杰放在了倒一倒二位,挤在教室的小角落里。"难兄难弟嘛。"他们倒是不在意自己被安置在哪里,反正还可以同枕一条桌。正准备"拎包入住",老王却仿佛看透他们的心思,要求他们隔开来坐。单人单桌,一个在第二组,一个在第四组。"老王真够抠门儿。""也好,我换换新鲜空气,你也不会'打扰'我学习。"汤瑞杰举起拳头毫不客气地往俞景手臂招呼了一拳。"得了吧,俞哥。谁不知道您呢?""你知道岁岁坐在哪一桌吧?""您有病?不刚说过了吗?二组三排,VIP座席。""对。所以有这么优秀的舍友,我们难道不应该好好学习吗?""不是,俞哥你等等。"汤杰把俞景拦了下来,抬手便要往俞景额头上探,还没到就被狠狠拍了回来。汤瑞杰龇着牙,佯装痛苦揉着手腕,嘴皮子依旧不得闲,"你这'见色起义'的速度也太快了吧?不再考虑考虑?"没想到俞景不仅没有反驳,还意味深长地拍了拍汤瑞杰的肩。微微抿起嘴,弯出一个笑脸。"你猜?""滚蛋。"俞景当真就提步走了,一秒钟都没给汤瑞杰留下。"放心吧,岁岁和之前那小孩不一样。"废话。人家压根就没有想理你,和那主动贴上来的当然不一样。汤瑞杰一边腹诽,跑两步跟上俞景的步子。"俞哥,这场!""5V5,全场?""好啊!""快,就差你俩了。""老汤,你这三步也太菜了吧。""哼,我等会给你们玩个大的!""俞哥盖他!""操,你给我等着!"

"快乐的时光总是短暂的。"俞景坑味着傍晚广播的结束语,作喟然长叹状和汤瑞杰左摇右晃地走进教室。"俞景。"倒也没有必要结束得这么快。"王老师好。"汤瑞杰兴灾乐祸地拍了一下俞景的屁股，乐颠颠走进教室打算隔窗一探究竟。他贴在椅背上，揣起手好整以暇地左右张望——右手边是和老师毕恭毕敬的好兄弟，左手边是好兄弟的位置和他的——同，同桌？汤瑞杰舒适又张狂的表情霎时卡在笑纹里，不上不下。原本第一组还有一位作伴的兄弟此刻正坐在他的左前两方和他的新同桌愉快地"侃大山"。得！他老汤这会成为彻彻底底的"孤儿"——独受"穿堂风"，和好兄弟之间的距离原来只需各自偏偏脖子，现在却是层层又叠叠的后脑勺。还没来得及弹起身向老王"诘问"，陈俞景便背着手满面春光地跨闲步到他面前。"老汤，猜猜谁和我做同桌啦？""哼，还能是谁？现在能让你一点都不心疼你八拜之交的只有一人。我终归是……""真聪明。""猪油蒙了心"还未出口，俞景就快乐地拍拍汤瑞杰的脑袋，哼着小曲儿回到了他的"新居"，独留汤瑞杰咬牙切齿。

也许岁岁真有什么奇特的压制力，整整两节晚自习俞景都坐在位置上一动不动。汤瑞杰偶尔抬起头，还会看见老王望着陈俞景的方向露出满面笑容。"俞老狐狸真是他妈的忒精，看我不让你原形毕露。"趁岁岁出去装水的当口，汤瑞杰悄摸着溜到俞景身边，出其不意一把夺下俞景的书。"好家伙，跟你玩这么多年第一次看你这么有定力，让我看看是《五年高考三年模拟》还是《高考必刷题》……"他徐徐地将书转了个面，一边观察俞景的表情。"入门心理学。"汤瑞杰的兴致瞬间减了大半，把书抛回俞景手中。"什么啊，我以为……""你以为什么？我在看《教你成功追求三十六计》？""你知道？"俞景干脆利落翻了一个白眼。"菜狗。""切，懒得和你计较。只是想不到俞老狐狸还对心理学感兴趣。""啊，承让承让。你想不到的多着呢，何止这个啊。毕竟小老鼠的脑袋终归只有这么一点，再你这体格……欤，不过你既然问了，我还是大发慈悲地告诉你吧。"俞景故意放轻了音调，架起一只手搁在脸边，仿佛真有什么见不得人的一样。"这书啊，是岁岁的。"汤瑞杰抽了抽嘴角，一副"我就知道"的表情。"好了，快滚吧朋友，别打扰我看书，辜负老王一片心意。"俞景翻开书，理理页角，又漫不经心补上句。"高处不胜寒嘛。且行且珍惜喔，杰瑞。"去你的且行且珍惜。汤瑞杰咬牙切齿地坐回座位，立誓明天的球场要将俞景杀个片甲不留。

"岁岁，你还有没有其他的什么书啊？"走在去往体育场的路上，俞景把《社会心理》递还到岁岁手里。"你又看完了？"岁岁皱着眉，忍不住怀疑。仅仅半个学期，老妈给他隔空安排的同桌已经前后向他借了二十几本书，虽然间杂小说集、杂志这类半消遣的书籍，但更多是心理学相关的书籍——内容深浅程度不一，有的甚至多达七八百页，字密密麻麻。"浅尝辄止嘛。"读当然是不可能读完的。俞景一想到那些七弯八拐的理论阐述，他的脑袋便止不住犯起困来。"再说吧。""啊？""和我借书。""为什么啊？""我带来的书都被你借完了。""那要不你再推荐给我几本你感兴趣的？我自己去找来看看。"好不容易凭着借书让岁岁终于愿意同他多讲几句话，俞景当然不会让这个契机又白白流失。但岁岁没有再搭理他。到了球场，岁岁照例同体育老师请了假，然后抱着书走到主席台边的石阶上。背着人群与热浪的他，自动与世界形成一道隔障。安安静静，真正的高处不胜寒。

岁岁往上拉了拉衣领，额前的刘海被冷汗濡湿了一片。"你要去医务室。"俞景将自己保温杯里的热水倒入岁岁的玻璃杯，将玻璃杯塞入岁岁的怀里。"谢谢，我焐一会儿就好了。"俞景啧了一声，不顾岁岁的阻拦举起了手。"陈俞景，你又有事？""不是我。岁岁他不太对劲，我带他去医务室。"

俞景让岁岁一手搭着他的肩，一步步护着他往楼下走。"你先回去吧，还在上课呢。"岁岁实在疼得走不动，蜷在台阶上，脸色一片苍白。"我背你走。"俞景仿佛听不见岁岁的话，蹲下身向后伸出了手。"不用了。""再耽搁下去你就要没命了。""我自己可以。"岁岁抬手抓着栏杆，慢慢挪了两步，胃内一阵绞痛又把他钉在原地。细细密密的冷汗接二连三往外冒，嘴唇已经失去了血色。"都什么时候了还倔！"突然高扬的声调把俞景自己吓了一跳。这样说也不大准确，只是俞景怕自己的担心表现得有些过了头。俞景不吭声了，反正现在岁岁的力气肯定不敌他。他强行将岁岁的手臂拉到自己肩上，趁岁岁不备呼地将人撑上了背。"再不走，待会下课可有一群人来围观了。"岁岁没有再挣扎，兴许是难受得不行了，可又不太熟悉——慢慢地，岁岁只将额头轻轻贴在俞景的肩膀上。"你这样我很难办欸。"小心翼翼，又将头往前倾了一点，搁在俞景的脖子旁。"可以了？""嗯。"猝不及防。原本只想作一句玩笑话，没想到岁岁把它当了真。真的一点都不愿意让别人感到不适。俞景将岁岁往上颠了颠，一滴温热的液体化在男孩的肩膀上。"快到了。"俞景原本还想插科打诨几句，好让岁岁不要那么难受。算了。他们下了楼梯，穿过了走廊，光影随风轮转。他们之间的距离也随之拉长又回短，摇摇晃晃。这样就好。

岁岁被放在床上。校医简单地问了几项问题，俞景代岁岁作了回答。"你们现在这些小孩一个个都不知道好好爱惜自己的身体，天天吃那些有的没的，小小年纪搞得一身病……我给他吊一瓶葡萄糖，你到那里做个登记。"

嘱托过注意事项后，校医便到隔间忙活自己的事情。俞景拉了一把凳子坐在床边，四处环视。蓝色的隔帘，白色的消毒水，粉紫的黄昏，还有岁岁泛红的眼尾——倒映在镜子里，头顶的风扇探不清规律。俞景微阖上眼，脖颈处的气息依旧似有若无点在他的耳尖。岁岁刚刚在哭。"睡一觉吧。"没有回应。又鬼使神差补了一句。"反正最后一节课自习，我在这里陪你。"

那之后，岁岁虽然依旧不主动同俞景讲话，但态度上还是有了一些细微的变化。尽管在旁人看来，俞景还是那个俞景，满嘴跑火车，上蹿下跳聒噪无比；岁岁还是那个岁岁，独来独往，面若冰山，活着像在玻璃屏障里的玫瑰花。"这是什么啊？"岁岁碰了碰俞景的手肘，递过一张纸条。"书单。""哇哦。"恰好路过的汤瑞杰和俞景可怜的前桌交换了一下眼神，心照不宣地狠命打了个寒战。"谢谢小同桌咯。"当事人岿然不动，似乎早已习以为常。人们笑闹闹走过，俞景偶尔可以成功那么一两次，软磨硬泡把岁岁拽到球场。"你技术那么好，干吗不露一手？""观摩学习。"岁岁也会学俞景开开玩笑。"行，那你可要好好看着了。"

　　天暗得越来越早，入了十一月，学校傍晚允许活动的时间也被剪得越来越短。教导主任每天都抓着五分钟晨会，不顾学生在寒风中瑟瑟，苦口婆心阐述天黑后运动的危险性。但众所周知，再逼仄的环境里也总会有那么一群"在夹缝中求生"的人。"那么多条规矩，不破一条怎么对得起我老汤轰轰烈烈的青春！"汤瑞杰高喊着，后仰跳投，球在灯光下划出一道美丽的弧线——稳稳落在教导主任手里。"老师，一起打球吗？"俞景正要转身逃跑的身形僵了僵，一时间分不清汤瑞杰是真傻还是装坚强。但看汤瑞杰的眼睛还在篮球上流连，眼眸中充斥着渴望与意犹未尽。"兄弟，保重。"俞景拍拍汤瑞杰的肩往一旁撤了几步。"小伙子三分球投得不错啊。"教导主任转了两圈篮球，幽幽开了口。突受表扬的汤瑞杰一时间有些飘飘然，忘了自己正破着规矩，忘了自己是一个破规矩的人，手一时间也不知道往哪放了：搂搂裤腰，摸摸后脑勺。"年轻人体力就是好啊，篮球打这么晚都不累。"主任徐徐扫视一周，"再多一份检讨，对你们来说也一定不在话下吧。""啊？老师，这就不必了吧……"汤瑞杰终于意识到不对，眼睁睁看着篮球被一步步箍进教导主任的怀里。"踩着校规校纪跳舞，了不起嘛。"俞景对在主任身后已以收拾完毕"行头"的兄弟使了使眼色。三，二，一。"你们给我回来！班级还没问呐！""我的球啊！"汤瑞杰一边抓着包一边喊，白色的校服在月影下猎猎作响。

"请高二（9）班陈俞景同学速到游泳馆处检，请高二（9）班陈俞景同学速到游泳馆处检阅。"岁岁头上突然蒙下一片蓝色的阴影。隔着衣服，俞景揉了揉岁岁的头。"抱着衣服在终点等我啊。""凭……"岁岁把衣服扯下，回头张望，少年的笑靥已丢失在人群里。举着加油板的，挥舞班旗的，五颜六色的光点在绿菌场上流窜。岁岁站起身，怀里抱着俞景的外套。暖洋洋，一股提拉米苏的味道。

俞景合上书稿，孟琦不知什么时候已经抱着靠垫，歪斜在沙发上睡着了。阳光透过窗帘的缝隙照亮孟琦半边脸颊，细细碎碎的胡茬点在唇边，却依旧有磨不去的少年气在安静蛰伏，仿佛眨眨眼，它们便会毫无忌惮地蓬勃生长。淡淡的疤痕。之前有这样长吗？俞景收回指尖，没有触碰。拿起毛毯，轻轻地不发出声响。俞景仔仔细细为孟琦披好了被角，默默退居一旁，目光循着阳光。阳光，阴影。在他们之间模糊不清。

岁岁就在前方。即使岁岁站在人群的最边缘，俞景也能够一眼认出他。俞景看见岁岁向他招了招手。癫狂的人们在呼喊，沉重的呼吸在离他远去，只差一步。第一。体育老师握着俞景的手向他道喜。三千米长跑，俞景上气不接下气。每走一步膝盖都在火辣辣着燃烧。俞景蓝色的外套静静地躺在跑道旁的桌子上。

"岁岁。"俞景下意识抓住岁岁的手腕。岁岁倒吸一口冷气。"对不起对不起，我太……""着急"两字被俞景吞回口中。"没关系。"岁岁摇了摇头。"你这怎么回事？"岁岁右脸颊赫然一道新疤。俞景转到岁岁面前，严严实实将岁岁遮挡起来，却也阻断了岁岁的去路。"不小心摔了。""那这也是摔的？"岁岁才注意到衣领上的扣子掉了两颗。几块不规则的色块在白色衣领上分外抢眼，甜腻的汽水味呛得他直犯恶心。"我去和老师请个假。"俞景把外套塞到岁岁怀里，就要冲回操场。岁岁拉住了他。"不用了，我自己去找校医。你拿第一名不领奖多可惜。""那你陪我去。把衣服换上，陪我去领奖，领奖完我和你一起回宿舍。""我不是小孩子。"岁岁有些无奈。"你就确定那些人不会再找你麻烦？""暂且不会。"岁岁想笑，但也只能扯扯左边嘴角。"陈俞景，你好固执。""彼此彼此。"最终岁岁还是穿上了俞景松松垮垮的外套，正好遮住狼狈不堪的衣领。"别告诉别人。"俞景站在领奖台上，眼睛跟踪着岁岁移动的方向。蓝色的小点上了坡，目光间是枯死的树藤。五颜六色的光在冲撞。

　　"所以是怎么回事？"俞景把岁岁的手腕虚握在手心，跌打水的味道在空气中弥漫。"晚上学委过来问我了。"岁岁头也不抬，算掉最后一题向量。"不止学委吧。"岁岁愣了愣，停下笔看着俞景。俞景的眼尾藏着淡淡笑意。"只有学委敢来问你。其他的人都在你不在的时候偷偷问我。""你告诉他们了？""明眼人都能看得出来的好吧。""那你怎么回答""你怎么回答我就怎么回答咯。"岁岁抿了抿嘴，一副"你不告诉我实话我就要和你干架"的态势。"好啦。我和他们说你摔了一跤，磕得严重一点而已，过几天就好了。""就这样？"岁岁明显不信。"就这样。自信一点啦，大家都很喜欢你。"俞景站起身收拾医药箱，越过岁岁把它放回了书架的最上层。"昨天他们不也在夸你加油板画得很有咱班的威风吗？只不过看你没什么反应，他们以为自己又夸错了地方。是吧老汤？"刚缩进被子假寐的汤瑞杰只好硬着头皮加入谈话。"是啊。"又没什么说服力。"我以为他们会觉得我很奇怪。""你就是独了点，比较安静，有什么好奇怪的。一个人一种性格。你看俞哥，天天躁得和个二百五似的人家照样欢迎。"俞景手边的面巾纸盒应声而发。"好你个汤杰瑞。有本事掀开蚊帐对峙。""没本事。"承应得干脆利落。"反正你也打不着。"汤瑞杰却还是十分诚实用脚扣死了蚊帐，不让俞景有可乘之机。岁岁看着两人一来二去闹腾，心情倒在无形间畅快不少。但俞景就不一样了。俞景暂且放过汤瑞杰，从扶梯上跳下来，慢慢悠悠走到岁岁面前，嘴角虽漾着笑，却不知怎么显得有些"不怀好意"。"所以，岁岁小朋友。热闹看够了，我可以收回利息了吧?"姜还是老的辣。岁岁向俞景招了招手，狠狠地在他屁股上捶了一拳。"来吧，说说。总不可能因为你比他们长得好看而挨揍吧?"汤瑞杰对俞景翻了一个白眼，却听见岁岁轻笑一声。"某种意义上，这么理解也没有问题。"

因为班花表白失败所以揍了班花的表白对象。这样的事情怎么捋怎么匪夷所思。俞景和汤瑞杰面面相觑，最终还是没有忍住大笑出声来。"6308 的，几点了? 啊! 再吵都给我出来走廊罚站。"俞景扶着岁岁的肩，好一会儿才直起腰来。岁岁本来想顺着气氛再学着跑几句"火车"，俞景的脸色却突然严肃起来。"你该不会就老老实实让他们找你麻烦?""他们自己闹没趣了就会走。"岁岁似乎满不在乎。"再说我也不是完全没反击。他们只是想找我麻烦，不在乎用什么借口。""你还手了?""推了一把。""你打过架吗?""打过。""因为什么?""一只猫。"岁岁按灭台灯。"很晚了，睡吧。"

躺在床上，俞景听着岁岁长长打了一个哈欠，不一会儿就传来轻浅的呼吸声。要是他也能像岁岁这么没心没肺就好了——还是想把那几个欺负岁岁的人揪出来好好揍上一顿。岁岁侧着身，企鹅圆圆的短唇抵在他的胸口。一下，三下，心脏跳动得漫长。应该告诉平安吗? 他翻了个身。也许明天会好一点吧。

岁岁捂着肚子，站得笔直。"有完没完？"他沉着脸，目光在身前人的学生证上来回扫视。真蠢。他想。"还没被骂够？""哪里，不过是找你过来问点问题，不用紧张。""就算你们把我打死了，人家女生也不会喜欢你们中任何一个。她和你们有什么关系，自己心里该有点数。""我他妈最讨厌人讲道理。""真巧，我也讨厌被狗围着叫。"

　　许多年以后的酒吧巷口，岁岁倚在墙根。他闭着眼，在完全失去意识之前脑中都是那一天的画面。一墙之隔。阳光，衰微；霓虹，萧索。何其相似。只是这一次他不再有顾忌。这一次，他终该一人，烂在墙根里。

　　那场混战是在教导主任闻讯赶来以后才勉强结束的。岁岁使劲拽住俞景的胳膊，对岁岁挥拳的那一位已经蜷曲在地上难以起身。"都说了我有办法。""一味地忍着算什么办法？他们只会像今天一样变本加厉！"俞景狠命吸了一下鼻涕，拳头攥着咯咯作响。"我本来已经把他们的名字和录像记下了。"岁岁摇了摇头，把面巾纸递到俞景跟前。"校园比社会里讲证据。有些事情可以不用暴力解决。损人不利己的。"俞景低头没有吭声。

　　"俞景。"他们坐在教务处门口。岁岁碰了碰俞景的胳膊。"谢谢你。"还是沉着一张脸。眼角还是肿着。岁岁站起身，打算就近到开水间把纸巾濡湿，让俞景按在伤口上。被俞景拉住了。"一顿西北拉面。"啊？"好。""两顿麻辣烫。"岁岁的笑容僵在了脸上。"还没完呢。周三和周五的炖盅，一份提拉米苏。""你是强盗吧陈俞景？""前三顿归我，后三样归你。补补脑子。"什么逻辑。

　　不讲逻辑。"为什么找他麻烦？没什么理由。看他不爽算一个很大的理由了吧。天天摆一副臭脸，看不起谁呢。"俞景静静地看男生踩灭了地上的烟，没有说话。"撞了人不道歉，学习成绩好就能为所欲为。呵，算了，你和他一类，你也不懂。""没有道理。"

"和我讲道理？那是你们的道理，和我们无关。"无可救药。"这么着急护那个小子？哈，你该不会对人家有意思吧？"男生眯了眯眼，俞景推开他走下天台。"别再找他麻烦。"

俞景在走廊吹了一会儿风，才开门进了宿舍。岁岁盘腿坐在桌上，盯着阳台的方向发呆。像被遗弃的搓绳娃娃，脸色呆板无神。"看什么呢。""我明天要回一趟家。"

天刚蒙蒙亮，岁岁就出了门。他什么都没有带，一路踩着雾气狂奔，脸上刚刚结痂的伤口又渗出血来。男人倚在校门口的树旁，揣着两只手，灰蒙蒙的大衣，灰蒙蒙的棱角。像块雕塑。他们似乎好久没见。男人抬起头，向岁岁招了招手。

"你还没和妈妈说清楚。"挂掉电话以后，岁岁已经不知道该怎么发脾气，"你说清楚了就不会是这样。"他抬眼看后视镜，男人的眼睛也灰蒙蒙。给点反应啊。"孟家宥，你太自私了。"男人猛一拉杆，岁岁的额头差点撞上挡风板。他们都不清醒了。"我不是来听你讲这些，岁岁。"焦褐色的冬叶，灰扑扑；雨，鸟的羽毛。野猫往巷子里逃窜。"病历单。"男人咬断了烟管。柜箱门被打开，张着大口。米黄色的灯光，妈妈告诉他那是藏宝地的象征。纸巾、围脖、披肩、签字笔、化妆品，各类杂物。每次只要岁岁"用心"去掏，就能得到玩具或各种各样的小零食。大了一点之后岁岁会让妈妈也参与这个游戏。他们都乐此不疲。岁岁"哐"地推上箱门。男人打开车窗，又拉上。没有抽烟。

江璨，性别：女，年龄：26。产后抑郁。

江璨，性别：女，年龄：32。诊断：中度。

江璨，性别：女，年龄：37。诊断：重度倾向。

江璨。岁岁埋着头，从第一张翻到最后一张，从最后一张翻到第一张。前几天刚和姐妹庆祝过生日的女人。"不要担心啦，妈妈这周末再去看你喔。想吃什么？"莲藕掉在地上，断成了两截。

产后抑郁。岁岁想到六年级时候父亲离开的那个夜晚，江璨在车上放着摇滚乐，戴着蓝牙耳机和谁谈笑风生。"红橙黄绿蓝靛紫，靛是什么颜色呢？"她看也不看岁岁一眼。"哈哈哈哈，你知道吗？那家店居然没有靛色的指甲油。更绝的是欸，"江璨打了一个嗝，像唱戏起势那样长长地卖关子。"更绝的是，那家店里的小姑娘还一脸紧张地递给我一瓶肉粉色的指甲油。哈哈哈哈，笑死我了。腚子色，屁股腚子。脑子里都在想什么呢？"都在想什么呢。江璨没日没夜地哭。"家宥，我还想要工作啊。他把我的生活全搞乱了。"3岁的岁岁刚参加完奶奶的葬礼，妈妈就拖着行李箱没了踪迹，把他留给漂泊无子的秦姨。

"你5岁那会，你妈在回来的路上问我：'家宥，我们可不可以在这里买一套房，这里更像是岁岁的家。'我说好。买房，多么大的事，我以为我终于可以出一份力，但事实上我反而更加难堪。"那阶段江璨更拼命地投入工作，对孟家宥收入的变化置若罔闻。"只有很偶尔她才会说：'家宥，我好累啊。'却依然不愿意让我多插一点手。她总说：'不能让我没有事情做啊，体谅一下我吧。'我能够做什么呢？身为一个男人，一位丈夫，他的妻子对他撒娇，一位女人对他耍性，却只是在告诉他：'不能让我没有事情做啊。'她甚至会盯紧我工作上的一举一动：向领导多提了一项建议，帮同事多分担一份表格。然后暴跳如雷，惶惶不安。她从来不向我提起她的家庭。我第一次赌博的时候她把自己关在房间里三天三夜。她说，她母亲的男人死在了赌场。

"后来的事情，你大概也有印象。你妈妈公司裁员。仅凭我那么一点工资，怎么养我们一家人？一天晚上，她把我叫到她身边，她说，家宥你看，我长了好多白头发。我想，如果去赌博，钱能不能赚得快一点，让她轻松一点。"

"你妈妈就像一块海绵，只懂收不懂放。"

"这一次呢？"岁岁站在医院门外。掉漆的红十字上烟雨哀鸣。"工作调动。"孟家宥把伞往岁岁一侧倾斜了一点。"领导把她调到更好的职位。"红色的数字在液晶屏上缓慢跳跃。六层，七层。"像个敏感的小孩子啊。"没有被重视的时候会怀疑是不是自己做得不够好；受到重视却老是提心吊胆，担心自己出一点纰漏，他人就会对自己失去信任。她需要一个人不断在身边肯定她的能力。

　　水仙花，消毒水，绿色和白色的墙。巨大的抹茶慕斯，一刀切。鲜嫩的奶油，高高地被金黄色的阳光束缚在穹顶一角。够不到。海绵似的女人，孟家宥从岁岁手中拿走了病历单。新的病历单又挂在墙上。抑郁。江璨的指骨在发光。岁岁轻轻、缓缓、渐渐地像幼时女人在他床边的无数个早晨与夜晚，在她手背印下一个吻。"早安。"妈妈。

　　岁岁打包早餐回来的时候，江璨和家宥正低声说着话。床头堆满了揉皱的面巾纸。江璨不时"咯咯"笑着，尽管神态还是十分疲惫。孟家宥帮江璨把头发拨到一边。他们的手交叠在一起。十指相扣，江璨翻来覆去拨弄家宥的掌心。"是岁岁啊。""早餐买了什么？""两杯豆浆，一份银耳汤，一份小米粥，两屉小笼包，还有一份肠粉。""买得挺丰盛嘛。""家宥，我要银耳和小笼包。""岁岁呢？""小笼包和银耳。""啊，岁岁你已经不是小孩子了啊，要尊老爱幼。""要不剪刀石头布吧，最公平。""哼，谁怕谁！""剪刀石头布！""嘿，我赢了。赶紧吃完早饭，让你爸爸送你回学校吧。"岁岁坐在男人的位置上，看江璨把嘴巴塞得鼓鼓囊囊。"妈妈。"岁岁说。"什么事？"江璨抬眼看他。"没事。""还想喝莲藕排骨汤？""嗯。""嗨，你什么时候放月假？""下一周吧。""那就下一周啰。刚好要到你的生日，我们也可以提前庆祝一下啦。"江璨抬手捏了捏岁岁的脸，食指勾过岁岁的鼻尖。"小傻瓜。和妈妈还客气什么呐？"岁岁笑着，任江璨的手指顺着疤痕，从眼尾到嘴角。"再说，还有你爸爸嘛。"

　　电话铃响起的时候已经是晚上九点。孟琦懒洋洋地转了个身，毛毯滑落到地上。他很久没睡这么熟了。"喂，小琦儿。""秦姨，别这样叫我啦，我已经不是七八岁的小男孩了。"他站起身，把茶杯中剩下的残渣倒入垃圾桶。"有什么不好意思的。"秦墨兰在电话那头笑了起来。她自从结婚以后就变了一个人。上次过年登门拜访，孟琦一时间没有认出她。秦墨兰剪了短发，烫了当下时兴的羊毛卷，没有当年臃肿的粗布衫。她爱上了旗袍。闲暇时和丈夫散散步，和年轻人一起学习茶艺。尽管偶尔还是会飘来一些闲言碎语。话题不知怎么转转到了婚姻。"秦姨还是个俗人，总归是结了婚，日子才有了底气。""叔叔人很好。""是啊，当初我说要领养小雅，也是他说服了他家里人。""时间真快啊。""小雅又和她男朋友出门了呢。""是吗?"岁岁习惯性地笑起来，秦姨也跟着他笑。秦墨兰还是很可爱，谈及恋爱脸上一定会泛出幸福的神情，从不吝啬对爱情的欣赏与关注，也从不对生活长久地抱着迷茫。有一茬没一茬，鸡毛蒜皮的小事在秦姨口中总能调出别样的味道。"欸，小琦儿，你等等啊，别忙着挂电话。你看你秦姨这脑子。""没挂呢，您说。""你这不是要生日了嘛。前些天你叔叔老家寄了一些柑橘，味道不错，我给你寄了一箱，应该明天就到。你要记得去签收啊!""知道了，谢谢您。""琦儿。""欸。""生日快乐。"

　　岁岁一进宿舍门，便被金片和彩带糊了一脸。俞景乐颠颠地跑出阳台，抱进来一个塑料桶。"我的天呐，俞哥，你做个人吧，你居然……居然把蛋糕放在……"汤瑞杰又开始吱哇乱叫，俞景毫不客气往他的脑袋甩了一个"爆栗"。"陈俞景，你'霸凌'我!""我就霸凌你了怎么着。汤杰瑞，你太让我失望了。"俞景把

74

蛋糕提溜起来放在了桌上，直起腰握着桶侧在手上转了两圈。汤瑞杰捂着头蜷在座位上，似乎有了什么不好的预感。"别，俞哥，我信……啊！""晚了。"

点了蜡烛，关上灯。高高矮矮的影子堆满了一屋子。岁岁被推到蛋糕前。"小同桌，快许个愿。"岁岁看了看大家，又看了看俞景。"我不知道许什么。""你随便许呗，想吃什么想玩什么。""岁岁不许就帮我许一个。""汤哥又开始了。""什么嘛。你们几个，这叫及时为兄弟。""我知道汤哥想许什么。前几天我们去球场训练，我们副队的女朋友就在边上站着……""啊……汤哥不错嘛。但你这条件，就算岁岁帮你许了愿，也不一定能实现吧。"众人一唱一和，俞景也掺和一脚。"就是，还不如帮我许愿呢。""俞哥居然也想谈恋爱了。"岁岁突然弯起了嘴角。"我知道要许什么了。""不是吧，这么好的机会就这么给了俞哥？"岁岁一口气吹灭了蜡烛。"倒也没有。我只是许愿他数学考试能及格。"俞景的笑容刹时间变成了灰白。"哈哈哈哈哈……放弃幻想，认清现实吧，俞哥！"

岁岁的生日在周二。考虑到第二天还要早起，一众人闹得差不多便纷纷告别走了。"蛋糕盒要处理好，别被老头儿（教导主任）抓到啦。"俞景搂过岁岁的脖子，自信地挥了挥手。"晓得了，放心吧。""生日快乐啊，岁岁。"生日快乐。岁岁趴在桌子上，一条一条回复祝福信息，不一会儿就到了底。岁岁又重新找了一遍。没有平安。桌上的钟表指向十一点三十五分。还没十二点呢。岁岁安慰自己。或许今天平安比较忙。平安从来不会忘记他的生日。

"喂，岁岁，你休息了吗？"是秦姨啊。"没呢。""十七岁生日快乐呀。""谢谢秦姨。""哎呀，秦姨今天太忙了，差点忘了要给你打电话。对了，我还有一个好消息告诉你，你听了也一定会开心的。"岁岁不自觉抠紧了掌心。"平安和玳若下个月要结婚啦。"擦破了皮。"真的吗？""对啊，你什么时候放假？""嗯……

下个月初吧。""那太好了。如果正好赶上的话，一定要让你爸妈带你来啊!""一定。"

平安要结婚了。他要结婚了。"结婚"。塑料相片在岁岁的虎口处割出了一道口子。岁岁就那么看着，看着镜子里的血珠，俞景的手越来越模糊。岁岁反复呲摸着"结婚"这两个字，最终好像也没呲摸出味道来。俞景这次什么也没问，只站在岁岁床位边的扶梯旁。岁岁不愿意贴邦迪，俞景便从桌上扯下两张面巾纸叠了三沓，用透明胶带围了一个环。歪歪扭扭。岁岁到床上躺下了，俞景唯一一夜没有关上台灯。他们都睁着眼睛。像之前一样，想的还是不同的事情。汤瑞杰的呼噜声浮浮沉沉。汤杰瑞真好。他们还是一起感慨了一下。

岁岁"精神出走"第四天。俞景合上随身携带的计划本，看着身旁盯着课本发呆的岁岁，觉得自己很有必要做一个"干预"。心一横，岁岁就被抓到了天台。然后呢? 然后两人沉默不语，听着隔廊的小屁孩在吹嘘。"哎，你们看见没有。他把眼镜和领结戴上以后，真的好像哈利·波特。""我也觉得。""觉得个啥呀。等明天晚上的斗篷到了，我给你看看什么叫波利·哈特!"哈，波利·哈特。"我还波利海苔呢。"俞景不屑地干笑几声。岁岁只是扯着嘴角笑了一下。"算了算了，天台太冷了，我们下去吧。"俞景拍了拍岁岁的背，夸张地搓手。"不散心了?""散啥心呀，今儿我要是整感冒了明天我就要被我老妈的连环弹击死。到时候心脏能不能保持一分钟七十二次跳动都说不准……"俞景念念叨叨走下台阶，眼神的余光还在观察岁岁的神情。似乎没有前几天那么"死板"了。希望这一份心情能保持久一点吧。

回到班级的时候离上课还有两分钟。"俞哥，打水吗?""好。"岁岁坐在位子上，还没来得及反应，俞景就顺理成章似的把他的水杯也吊走了。"不着急。"生日那天俞景说的是什么意思呢。"陈俞景。"他下意识就叫住了他。"晚上能聊聊吗？"

　　俞景赶在岁岁的前面到了宿舍，把捧着泡面哼着小曲的汤瑞杰堵在了门外。"老汤，兄弟一场，今晚委屈你去隔壁就寝了。岁岁说他晚上需要我。""骗谁呢，岁岁哪里会说这种话。""嗯？""我需要我的小财（柴犬抱枕）我的床。""老汤，我相信你一定会拿出写检讨的意志对付掉这个晚上的。""爱会消失的……""岁岁来了。加油兄弟。"俞景十分干脆地关上了门。"老汤这是……"岁岁看着一桌的薯片瓜子，惊得说不出话来。"舍小我为大家。""哦……他刚刚告诉我他要'露宿街头'了。""没事。你还担心他？要是这样就挂掉那就不是汤杰瑞了。"俞景本来想掏空汤瑞杰箱子里最后一包香肠，但终归也没忍心——反复纠结以后留了两根。岁岁本来做了一路的自我思想工作，现在被俞景这么大张旗鼓地折腾，思绪又绞作了团，但"担子"也是很快卸下了一半。"我去冲个澡。"俞景顺手揉了揉岁岁的头发，把一颗开了口的奶糖塞到岁岁手里。

　　他看着他，他们看着他们。一袋薯片摆在两人手边，你一片我一片。"第一题？""A。""十九呢？""三分之根号三。""完美。数学及格有望了。"岁岁拉过俞景的卷子看了一眼。"什么啊，你诓我。""诓你啥了？""你就只写了第一个和第十九题。""我这不是相信你嘛。""我就不该听你的陪你写数学。""那好啊，不写数学。"俞景从岁岁的卷子下抽出照片，翻了个面，敲了两敲，"我们谈谈感情。"

　　俞景不是第一次从岁岁口中听到平安的名字，也不是第一次见到岁岁因为平安的感情变化而情绪低落，把那张相片翻过来甩过去扭了个遍。"我不是没想过他们会结婚，我也知道我现在这样很莫名其妙。我明白我不是小孩子。"俞景蹲着自下往上看着岁岁。岁岁的睫毛在灯光下闪动。"我都不知道我怎么了……我不知道。知道消息的时候我很生气……我不知道问题出现在哪里。俞景你明白那一种感觉吗?"玳若对平安很好:周末会到平安家向叶阿姨学怎么烤饼干,给平安做早餐,晚上会陪他一起熬夜工作,追剧,打游戏。玳若也对我很好。她是很温柔的那种人,很有正义感,看到流浪的小猫小狗被欺负她会冲上去和那些人对峙。现在她甚至开了一家流浪猫收容所,每一只猫都有独特的名字。她说她是翻字典一个一个取的。"俞景又伸手剥一颗糖。糖纸留一半,放在岁岁掌心。"我觉得我很没有理由,没有立场让我自己处在这样一个情绪里。"揉皱的糖纸,碎掉的曲奇。俞景托着岁岁的手,轻轻拂开泛白的指节。他从来没有一次性听岁岁讲这么多话。这次不放糖了。俞景的手指浅浅覆盖上岁岁的指尖。

"你对他的感情不一样。"岁岁的睫毛不动了。"为什么不去告诉他呢? 问他为什么。"俞景也垂下了眼睛。岁岁的鼻息喷散在他的前额。一起一伏。"俞景。"岁岁紧张了。"我没在开玩笑。""你知道不可能。""可是他对你来说不一样。""都说了,没用。""没用也要说啊。""我都他妈说了没用! 没用! 没用! 你他妈你让我怎么说啊!"俞景一个趔趄,岁岁挣开俞景的手遮住了眼睛。"对不起。"岁岁狠狠掐了一把自己的手臂。他这又是和谁在发脾气呢?

"没关系。"俞景在心底喘了口气,撑着岁岁的膝弯重新蹲直了身体,好像什么都没有发生。"说出来就好。"他仰起脸,逆着光寻找岁岁的眼睛。"Burst into tears。""什么?""Burst into tears。我没用错吧?""真是为难你了。"岁岁很配合地挤掉剩下的眼泪。"小菜一碟。"俞景从抽屉中抽出两张纸巾,递到岁岁手里。"还继续吗?"

让我讲完吧。那天晚上他们一直聊到凌晨三点,以致于第二天的早自习双双哈欠连天。岁岁同俞景讲了很多,甚至讲到白肚,讲到秦墨兰,讲到小区看门的大爷和卖玩具的阿姨。他们都和平安有关。可俞景发现，平安似乎很少出现在岁岁快乐状态下的描述里。"所以平安对于你来说，属于你更愿意倾诉的那一类人？""不是。我很少会告诉他我真正的想法。""为什么？""我不够好。""你这个数学次次一百三以上的人和我谈不够好？""不是这一方面，我也不晓得怎么说。反正什么事情开心，什么事情难过，我都会告诉他。得到一样东西，一件消息，我会很想和他分享。"但在分享之前，我会斟酌这件事情是否合适。"怎么说呢？可能我在努力，努力把我自己变得像可以呆在他身边的人吧。"这种感觉，也许是从平安丢下我跑掉的那一天就开始了。"我明白了。"俞景站起身，按下岁岁正要拆开香肠的手。"先去刷牙。明天有时间，我和你讲讲我的事。"

岁岁叼着牙刷从阳台晃到卫生间。"俞景。"他还是决定问一问。"我今天是不是很奇怪？就……特别不像个爷们。""噗。""我在真心诚意地问你！你这是什么态度？""做自己不挺好的吗？"俞景笑着拂开岁岁扑上来的手。"你'影射'我！""哪里，我在夸赞你。""放屁。""不信就算啰。"俞景转身要踏进厕所，下一秒防不胜防地被岁岁锁了喉。"等等等等！我牙膏要吞下去啦！""我爷不爷们？""爷们爷们。"俞景冲进厕所猛漱了三次口，岁岁在他身后得意地笑个不停。

"大丈夫要能屈能伸。"托岁岁的福，汤瑞杰第二天晚上还是被劝退在门外，俞景甚至为他准备好了被子与小财。"汤哥今晚怎么又被'扫地出门'了？"汤瑞杰毫无底气地挺起了胸膛。"我这叫'成人之美'。""得，还是一口价。一夜两根辣条三根肠。""你们剥削我！""爱住不住咯。"汤瑞杰回头望了一眼自己"曾经的家"：在门前等待的俞景面容慈爱地向他招了招手。"怎么样？""能屈能伸！""汤哥爽快！"

俞景的故事其实不怎么长。"从哪里讲起呢？"岁岁学着俞景的语气，揶揄着目光，虎牙露出尖来。俞景的相遇和他懵懂的恋爱。岁岁没有想到平日里大大咧咧的俞景谈及自己的感情，也会像情窦初开的小姑娘一样扭怩不安。俞景磕磕绊绊讲，岁岁安安静静听，左手支着脑袋。"我可能比较幸运，或许是年龄比较小。对当时的我来说，那种感情其实和其他情侣没什么不一样，甚至还可以更好地去伪装，不用形同陌路。一起玩，一起吃饭，每一样都很尽兴，不会有突如其来的来自德育处的关怀。"果然还是不正经的。"那后来为什么离开?""小同桌，你这样的问题用来问一个被甩的人是不是有点不友好?"俞景还是老老实实地回答，"可能是不成熟吧，嗯，我能想到的只有这样的理由。又或许她潜意识里不太能接受一个年龄比她小的人却在情感上比她强势。这么讲吧，就是喜欢和占有欲的区别。哎，我对一个没谈过恋爱的家伙要怎么解释这些呢?"现在岁岁完全不同情他了，他慢条斯理地站起身拉开椅子。"岁岁，君子动口不动手。""有屁快放。""多好的氛围被你破坏了啊。"俞景摇摇头低声嘟囔。"没! 我啥都没说，刚才说到哪了……对了!"喜欢和占有欲。

在写这一部分故事前孟琦特意上了知乎搜寻相关的帖子，一边咀嚼别人字里行间的情感，悠游着自嘲。倒也不是没有情感经历，现下只是害怕雾里看花。人的情感都不想通吗。"都是什么一些乱七八糟的。"孟琦觉得自己白活了三十年。

"占有欲吧，就好比你养了一只小狗。你把它照顾得非常好，但是总是用各种各样的链子拴着它。有一天你发现它出现在别人的身边。即使你喊它，给它吃再多的东西，它也只会短暂地回来。当你要用链子把它重新套上，它就会跑开。它可能并不是要离开你，或许只是需要一点自由，但是你觉得它背叛了你，你觉得自己的付出一文不值，甚至产生怨恨。"俞景又在剥糖纸。"而喜欢嘛，就是如果它到了别人的家里，你的第一反应可能是反思而不是夺取，然后再一步一步，不厌其烦地争取回它的信任，像偶尔递一两根香肠。也许就是更多站在对方的角度想问题吧。""这很难做得到。""当然，理解和表现因人而异。对喜欢的人，是我的话，我会爱屋及乌。"不知道想到什么，俞景又兀自笑了起来。"即使现在她的情感并没有准备好放在我身上，我也会很有耐心地等。甚而为她想要的出谋划策，推波助澜。""不公平。""不是有一句话嘛，谁先喜欢谁输咯。不过说实话，真的投入感情的人不会在乎输赢的吧。如果有把握，以后总有时间慢慢还的。"俞景的手指覆上岁岁的指尖，指甲盖果然大了一点。"还要再清楚一点吗？"他们的心已经咚咚直跳了。"居心叵测啊，陈俞景。"

汤瑞杰越来越觉得，自从那两个"寝食难安"的夜晚后，6308已经彻底没有了他的容身之处。他一个一米八五的壮汉，活活被两个体重刚及他三分之二的男孩压在"食物链"底端。曾经还可以收一碗沙茶面回个本，现在——"哼，男人的心，海底的针。"——不仅没有利息，还要不间断地接收陈俞景在耳边的逼逼赖赖。

"陈俞景。""哎。"他松开岁岁的手站了起来。"这次数学考得不错啊，一百二十五。省质检的时候继续保持啊！""好咧！谢谢老师。"俞景故意在下课的时候把卷子翻得哗哗响。"别嘚瑟，还没高考呢。"岁岁头也不抬地勾选卷子上的题。"这不是要感谢你教导有方嘛。""卷子错题分析了吗？刚才上课你又没认真听。""那你也没认真听，因为……"岁岁抄起卷子封住了俞景的嘴。"赶紧分析，晚上把这几道题做了。""做了有奖励吗？""加一套？物化生随你挑。""压榨。剥削。""再逼逼晚上就在自习室待着。""好啦。"俞景无奈地侧回身——岁岁真是越来越难讲话了。倒计时挂在墙边，迎着春风微微张扬。算了，反正离高考只剩 69 天。坚持一下吧。

放晚自习。他们俩依旧是留到最后走，用五分钟列下明日的计划和当天的反思。岁岁定期会查俞景的反思本，但却从不让俞景看他的。俞景哪里是那么容易放弃抗争的人呢？当然要"趁人不备"。岁岁的反思言简意赅，纸张被划分成两份。他的在左，岁岁在右。"要一起加油。"俞景拿起红笔潇洒地打了一个勾。拉上灯，走出门，岁岁关后他关前。还有十分钟，可以避开人流。到食堂自习那点距离够他们慢吞吞地走。影子拉长又回短。肩连肩，头碰头。差一点什么。岁岁放缓脚步，手钩着手。"是奖励吗？"俞景自然而然地转了个腕，反握住岁岁的手。"流氓。"

"去上海啦。"特地选了同一天的航班。俞景放下手机，拿起中间碍事的扶手。"你怎么发朋友圈啦！"岁岁差点跳起来。"放心，我爸妈他们看不见。老汤那些家伙机灵得很。"他轻轻弯下身，把下巴搁在岁岁的肩膀上。"再说了，人生第一条朋友圈，当然要给最要好的朋友。"云海，蓝天，他们的影子在阳光下凹成各种奇特的形状，在飞机上，留下许多美好的念想；他们搭乘电梯站在东方明珠的瞭望台上，眼及是奔腾的黄浦江。华灯初上，他们躺在草地上，耳畔边梧桐轻搔，微风正好。城市夜晚繁杂而空旷。行色匆匆的人，行色匆匆在寻找自己的归宿。他们终将会成为这个城市的星星。可他的星星呢？他的星星跳起来了。"岁岁，快看呐，流星！"雀跃、灿烂、清澈、诚挚。俞景回头看他的样子，仿佛又回到高考前夜，趁着喊楼的间隙俞景把他拉上了天台，自己却又跑到天台的另一端。傻乎乎地，俞景将双手收拢在嘴边。风很大，少年的心铿锵有力，一字一句击入岁岁的耳朵里。他说啊："岁岁学长，前途似海，来日方长！"

正式以外

记得的与不记得的。

No. 1

沉暮坐在喷泉旁读完方熹给他的第一封书信。

公园的人来来往往，周遭笼绕的是十月秋日的四点半钟的昏澄。一个小男孩攀上他邻座的长椅，摆弄他压在鹅卵石下另外几张信纸。新旧不一，最早的日期可追溯到克隆羊"多利"诞生那年夏天的暑假伊始。男孩把它们折成几只纸飞机，脏手印润湿上头娟幼的字迹。沉暮刚开始未留心，他正目送最后一只麻雀跃上遥远的红色屋顶。但过后便发狂叫嚷。他才不顾什么公众形象。于是引来一大波人，对他的行为指指点点。小男孩张皇无措地哭号，引起大众的怜爱。他们对沉暮的长发评头论足，小男孩脸上的泪随风势挥散。妇人冲出人群，将孩子抱在怀中。她身上萦绕的浓烈薄荷气味，瞬间刺激着在场人群的嗅觉。沉暮支起身，眉头微蹙。也不知是哪家推出的高仿香水。

妇人递给小男孩一颗糖，顺势夺过纸飞机。机翼撞上长椅的栏杆，跌撞到地面。地上积水未干，不过转瞬，信纸便面目全非。沉暮顾不上与妇人理论，夹上铁皮盒，拖着右腿，将纸抖净水渍捧近鼻尖轻嗅。珍藏的茉莉香一去不返。

"道歉。"沉暮将信纸抚平压在喷泉台边，眼眶泛红。妇人将揩过男孩手的纸巾丢入垃圾箱，听闻男子的话后皱了皱眉，埋头发过短信，欲转身离开。"道歉！"沉暮略微提高声调，勾住妇人的挎包。

"有病吧你，不就几张破纸，赔你就是。把手撒开。"妇人惊叫，却撞上沉暮的脸庞，一时间抖动身躯的动作平添几分不自然。沉暮戴着口罩，但眼睛却着实是好看的。

沉暮走上前，人群往外退一步。围观者却又多几层，举起手机做直播。升上密密麻麻的私语。明天微博又会有什么样的热搜呢？妇人抬眼望望四周，不由往后退步，沉暮不知何时从水坑中掬起一捧水，尽数泼于妇人的白底碎花裙上。看着妇人愤怒又心疼的模样，沉暮不禁心情舒畅，"不就是一条破裙子。两相抵了。"挥手消失于人群中。

妇人憋着泪水，低声地骂骂咧咧，但也没有胆量与沉暮真起争执。那必定是一个在乎自我外在形象的女人，媚俗又可笑，同方熹比起来实在相差甚远。否则她怎么会愿意往后撤步，思考对她来说最为得体的解决办法呢？成年人就是麻烦，时常错失良机，该占便宜的时候却老想着深明大义。真是没办法。沉暮摘下口罩，将石上的叶片吹落，面向公园外街点燃一支烟。他从口袋摸出皮筋，将散乱的长发束起。这样想着，便轻声笑——倒是应该感谢那些好事者了。

天更晚些，路边店铺的 LED 灯陆续点亮，名字大小与种类参差。沉暮将烟举过头顶，寻找与手上的斑纹契合的色彩。这里不容易有人发现他，连萤火虫也被吓跑好几只。不要紧，反正他这里也确实没有什么可以提供。石头上留下第五百六十八个烟点，这是他在这个城市立足的时间。（兴许更长，但那也不重要了。）他站直身子伸过懒腰，俯身将右裤腿挽至膝盖上方，木头磨制的义肢前侧刻着深深几道划痕。就这样上路，阴影与姜黄色的灯光在木头光润的表层轮转。沉暮不急不慢地走，这条巷子再拐进去便没有了繁喧。方熹。如呓语，经过破底而散发恶臭的铁皮水管。

岁岁。如唱诗，跨过洗衣液洗洁精挤挨的地沟。阿年。还有几簇挣扎于泥垢里也开得鲜艳的花与青苔。还不够晚，至少小混混们还没吃饱晚饭。不过自从他救下那只被围殴的小东西以后，这片区域确实比以往安宁不少。他轻快地吹了一声口哨，也不知道小家伙等急没有。

渡渡的前爪立在红毛线团上，琥珀色的眼眸在望清来人后趋于温和。尽管饿得要命，却也要慢慢踱下台阶，这是身为家猫的必备素养。抬起一只前爪在义肢处轻叩两下，鼻尖同沉暮的指尖点触：欢迎回家。

沉暮将卡其色的风衣挂上吸钩，半挽衣袖为渡渡和自己准备今日的晚餐。在切碎香肠之前，需拧开酒红色的手提音响，等巴赫的《G弦上的咏叹调》在另一个房间响起——轻柔而激越。豌豆滚着蛋浆，右手边的锅闷着小碗，漫动着酱油的香气。渡渡追踪的气味被阻断在玻璃门的另一端，它探头探脑将鼻尖顶在门缝，确定那是五花肉进出的诱人酱汁。关去隆隆作响的抽油烟机，打扫瓷壁上不小心溅上的油渍。端出一盆青菜，一碟炒饭，混着豌豆与虾仁拨落在渡渡的食盆里，还有二分之一的五花肉，油脂已被去除干净——毕竟它将要在三个月后的冬天当上母亲。半截香肠换到一位面容潇洒的丈夫和一群毛茸茸的小机灵鬼，确实是不赖的一笔交易。只是沉暮亲眼见到在某个深夜，身着黑皮眼嵌琥珀似的渡渡的丈夫，撒娇卖乖从别的猫嘴里夺取食物，总归不太体面。但他没办法和渡渡交流这些，尽管渡渡日日与他同床共枕。这样想，似乎猫先生更难过一点，自家小孩不吃亏。沉暮看着埋头细嚼慢咽的渡渡笑着摇摇头，渡渡仿佛感受到什么，抬头对他眨了眨眼睛。咽下最后一口炒饭，从橱柜中斟出红酒，恰好覆满杯底。酒精帮助成年人麻痹神经，这是他照顾过无数醉汉后得出的结论，所以他明白酒水带给人的真正功效：说更多的话，做更多的动作，让心室膨胀，然后拉扯，直至感受到天花乱坠的快感，就可以半吊成年人的标签唠个没完。挂钟顺利走到七点，后院如约响起黑猫求偶的叫唤。渡渡等待沉暮打开卧室的落地窗，衔上他打包好的猫粮——额外加了一根火腿与剔骨的鱼——消失于夜色。沉暮坐回床沿，片刻后掐灭刚刚燃起的烟。

　　晃一袋潮漉漉的垃圾，沉暮拐过巷口来到江边。夜晚开始有人跑步，有人放过匆忙选择闲侃，也有人在回家的公交车上、出租车中打盹。他停住脚步，弯弯嘴角。远远有个小女孩把头卡在护栏里，露在外头的肚皮一抻一吸。看来是刚参加完表演活动，金色的小亮片还缀在发梢。沉暮撑起伞，遮住小女孩撅起的裙摆。"谢谢阿姨。"小女孩倒是很大方打了一个招呼，顺手拍落刘海上的雨珠。

　　"不客气。你在干什么呢？穿得这么漂亮，不怕被坏人抱走了吗？没有爸爸妈妈陪你？"沉暮没有反驳，温柔地蹲下身，掉落下的几缕头发被拨至耳后。他今夜只穿一件针织白毛衣，银白色的星形胸针别在领口。确实是比较女性化的打扮。

　　"妈妈在便利店里买东西，我出来上厕所。"女孩指指对街被路牌遮住的房屋，又学大人的样子扬了一下下巴。"再说了，我都在这待了好一会儿，也没见到什么坏人呀。人这么多，可以喊救命的。"片刻后女孩似乎想起什么，抬起头上下打量着面前二十岁上下的女子。"欸，阿姨你会吹口哨吗？我总是学不会，妈妈又没有耐心教我。"女孩微鼓两腮，神情颇有些懊恼。沉暮笑了。

　　"你为什么想学呢？"他支起一只手托住下巴，偏歪着头。女孩站直了身，颇带些傲娇地把手插进上衣口袋里。"好听呀。""那也不一定要吹口哨吧？唱歌也不错啊。"

　　"其他的都没有口哨吹出来好听。"女孩扬扬眉毛，"阿姨你到底会不会嘛？"

沉暮不答话，低头做若有所思且为难状，却炫技一般吹起音阶，甚至拉长尾音，抖出几个俏皮的音点。女孩嘟起嘴，似乎也想尝试一把，模仿着他的嘴型。他又故意把嘴型做得夸张一些，像鱼吐泡泡。女孩倔强不服输的样子像极了当年的岁岁，让他忍不住想多逗弄一会儿。"好啦，很简单的嘛。不用像吹气球一样，轻轻地就行。舌头放在牙齿下面，对……感受一下吧。"

一股向暖的风，夏季的雨雾，潮湿而温热。汗水淌至眼睑，女人明媚的笑靥于大团大团绛蓝背后若隐若现。男人接过被褥，还未擦净女人的汗，小女儿贴上身来递过茶水，几片茉莉花瓣贴在杯沿。儿子又在啼哭，下雨天总是如此。还未来得及招呼，最后一片芒果滑落，女人隐入房门。

"小弋。"

"妈妈，我会吹口哨啦。"女孩挣开沉暮的手，向路口奔去。他方才回神，刚竟盯着江对岸居民楼的灯光入迷。沉暮紧随两步跟上女孩，小弋已躲在母亲伞底。

"是一个阿姨教我的喔，你听你听！对了，那个阿姨长得好漂亮，口哨一流耶！"她揪着母亲的衣角啾啾喳喳，猝不及防淋下一片雨。"啊，妈妈，你淋到我了啦！听没听见我讲话呀——欸，阿姨呢？刚才明明还在那里的呀。"女人轻轻摇头，反应略为迟缓，再将女儿拉至伞下时，女孩的衣袖已湿过大半。女人下意识挽过女孩的肩，将女孩的身体靠紧，低头抱歉笑笑。

回家吧。沉暮往上颠了颠伞，凝望女孩的背影拐过街头。灯在闪烁，由黄变绿变红。

滴答。

沉暮起床洗一把脸，指针在三点钟方向晃动。厨房的灯在昨天下午便已烧坏，他摸索着，借月光为自己倒半杯水。茶壶竟已见底，只盖住空空荡荡的回音。

今晚的沅暮又做梦。梦中一股向暖的风，潮漉而湿热。裸露在外的皮肤不可抑制变得黏腻，尽管空气里遍布花露水的气味，仍然感受不到一丝爽意。他也不敢洗澡。被扭过的腕关节大概是因为麻痹，所以难以动弹。就像两股电流来回冲撞，脚踝无力耷拉在水泥地上。他费力睁开眼睛，镜面找不出光泽。什么都看不见。蜘蛛，蚂蚁，水泥墙上一定都是。快走开啊，快死掉吧。它们拥有猩红的斑纹，从木门裂缝进来，它们在他的背脊处窃窃细语。女人在门外撕心叫喊，他闭上眼，直到没有了爆破声，山区的鸟儿也不再凄厉。试图放松拳头，白色粉末自破碎的指尖随着漩涡消逝，消逝，门外再无声息。他将手掌挪举至鼻尖，浓稠的液体滴入鼻腔，灌注喉口。咸中带有苦腥，像刚捞上岸未处理干净的鱼。

他张开嘴，经过半夜沉淀，水温并未像他所预料的，可以带来刺激与宽慰。看来又该换种办法。人对荣誉名利的追求是无止境的，对苦难也一样，他们都是人的精神欲望。沅暮闭上眼，撑在水池边急促呼吸，希望尽快摆脱胸腔与腹部由低温带来的不适感。"当你克制它们，就该忍受它们反馈的惩罚。"喉口却在燃烧，眼前看不见光明。在那之前，他从未想过女人可以拥有那样的力气。他沿脊柱向上摸索，断裂的位置只剩下微微一点凸起。但事实上，它也只像在路上时常撞见的沙砾，并不明显，对于外人，除非触觉足够敏感，否则很难知道。他原本也打算将这并不光彩的印章珍藏一辈子，但因为遇上了方熹。她总是充满惊喜。怎么说呢？再做一个比喻吧，用他们之前最喜欢玩的游戏作喻体。方熹就像游戏中轻巧的锤子，沅暮的生活则像垒起来的数字塔。真心话大冒险，方熹总是不着急，敲得颇有规律。答答、答答。像不害怕时间的钟摆。一块块带有数字的木条跌落，等最终选择权降到沅暮手上的时候，只剩下一敲即碎的独立地基。一切要么坦白，要么重来。简而言之，他拿方熹是没有办法的。如同他不能要求已有归宿的猫留下来陪自己一样。

到客厅，点燃一支烟，又立即将其按进早已备好的湿纸巾。细微的火花相互摩擦，既不热烈，也不过分单调。这样的噪音刚刚好。将淡淡的烟草味作为熏香，相比酒精更能安定心神，还不会危害他人。从风衣口袋里取出铁盒，展开最顶层的一封信。昨天染上的水已经干过大半，只是用钢笔写的字它模糊不清了。致教授——上面这样写着。填姓名的地方烂成团。时间落款是八九年前，黎微刚刚毕业离开。一定是很久了，他怎么也找不到中间几张，明白记着是印有一条小金鱼或者紫色泰迪熊之类。算了，不重要。都是过去的事。

半夜无风。沉暮挪开落地窗，坐在木廊边缘。刚搬来的时候他买来几罐荧光漆，点洒在卧室各处。拥有浪潮，星星，几只白鸽。但他今天不敢往回看。背后像有一张网，眼睛密密麻麻。心中坦荡的人才能在任何情景下安于睡眠。现在四点三十五分，他怕是不可能再睡着了。栅栏外的卡车再次拉响引擎，有雨砸在铁皮板上。索性写一封信，以消磨出门前两小时的光阴。原木浆质是她最喜欢的款式，纸页侧有细碎的猫咪印花。沾湿笔尖，墨蓝字迹晕开。在清晨准时投递。

No. 2

"你好。"

"嗯。"梓岁对新搬入的邻居点头。"需要帮忙吗？"她正蹲着，盯着堵在信箱前的快件一筹莫展。在翻清这些快件的主人后更为光火。"这小子净给我添堵。"女人问过第二次，她才后知后觉地从骂骂咧咧中回头，抱歉自己的失礼，对身后的人抿嘴一笑。是一个男人和他的妻子带着一个七八岁的小姑娘。什么时候搬来的？

还是路过？女孩梳两条羊角辫，趴在栏杆上往下向她打了一个响指。梓岁对上女人的目光。"谢谢啦，麻烦。"

"不客气，房东是个小姑娘才让我感到意外呢。"女人冲丈夫俏皮地眨巴眼睛，男人则会意打了个哈哈，随即转身指挥家居公司的员工们上上下下。女人将头发绾成丸子，略施淡妆，镜子中的她却比梓岁更加清爽而青春。几步路距离，梓岁便大约知晓女人的来意。她从来不会主动去好奇陌生人的来路，很大一部分原因是没有足够的信息支出进行理所应当的等价交换，极小一部分原因是认为没有必要。女人仍在滔滔不绝，梓岁佯装疲惫地点点头，倚着楼梯拐角借喘息的空当调整表情。好在不令人生厌。"林爹换工作啦，不过是升职哦。小弋又刚好上小学，听说你们这里有座很漂亮的公园，名字叫……""牧冬。""对，牧冬。这是我见过的最有文艺范的公园名了。现在三月份，会开桃花吗？如果有就太好啦。"

梓岁附和着点点头，示意女人把快件放至家门口。我叫黎微哦。女人拐上楼梯时向她招了招手，滚落几瓣碎叶。梓岁像往常一样把碎叶整入庭院中的桂树根部，那个叫小弋的女孩叫住她。"姐姐，你会吹口哨吗？"梓岁微怔，"不太会呢，怎么啦？"女孩的神情看来颇为得意，"我会哦。"梓岁想起还有一颗水果糖可以给小姑娘。但在再度转身时，又只能听见断断续续的脚步声。她重新回到屋里，决定稍微整理一下快件，晚饭后再去拜访新邻居，顺带交代注意事宜。

梓岁坐在地毯上，满地灰蓝的包装纸和土黄色胶带滚着纸屑，大小不一散发铁锈潮湿的恶味。前几日出差，听说这里下雨，不知道画纸有没有遭殃。梓岁检查完毕后松了口气，幸好信件也摆放在最里端。多半是××来信。她不知道如何称呼那些自各类报刊上知晓她的画，然后兴味盎然给她投递信件，之后却又少有往来的人们。作家对读者，音乐家对听众。画，太复杂了。还是不要瞎换称谓的好。人们，是最模糊却又最适合的词了。她照例一封封撕开阅读，胡思乱想着，每一封花上二十分钟写好回信，记下地址就到了黄昏。这样的程序使她感知不到疲倦，因此在做的过程中会更加享受一点，不过事实上更像奉承"总是要找事做"的原则。毕竟有些是出于不想辜负对方寄予她的希望即被回复的心情。这样的情绪在她看来纯真无比——好喜欢你的画，你好厉害——有些像这样子的寥寥数语，是出自八九岁的小朋友之手，心情愉快的时候可以开心更久。多一秒是一秒，这样的情绪能够传达给他人就更好了。那时候她上高一，看着第一封来信的同时，正咬着面包思考如何讨要房租，母亲在卧室里编创未完的故事。她的朋友对母亲的小说评价很高，但母亲在此之前正正经经的散文依旧无人问津。"太贴近现实啦，现在网络读者不好这个。小城镇里的中年人没时间读你这么深沉的作品的。想想吧，现在文字领域里消费的主力军不都是年轻人嘛，二倍速，碎片化，该怎么写对你我想是没有难度的……文学梦，在这个时代需要更多时间。"母亲挂断电话以后坐在窗台上许久，梓岁推开门给她加上一个靠垫。那是她第一次觉得自己可以牺牲一下做一回大人。当时父亲大概已经离开三年。母亲并不脆弱，只是在有些事情上固执得容易受伤。微薄的稿费和紧密的服务工作是梓岁自己的要求，母亲卧床的时候总不可能都靠各路伯伯阿姨养着。一个月还一些，成年以后负担也许便会减轻不少，在外面也更为自由。况且弟弟即将上高三。梓岁将画册搬上书柜，烧开水的茶壶在厨房吱吱叫嚣。梓岁夹着最后一封未回复的书信，跃起身踮只拖鞋跳到厨房。插头挂在很高的地方，她轻易就能抓到。或许就是因为这样，才不会让一些店主怀疑，更贴切说应当是让顾客不会怀疑店里招了童工。

　　记得当时梓岁这样告诉身在北方的来信者时，对方大笑不止。

这位听闻是母亲故友的女人在来信言语中时常是一副快乐的模样。她对梓岁吐槽她们中年秃头的蛮横上司，讲讲宠物店里各色小猫，有时来的一两封信里掺杂着几行未涂抹干净的潦草笔迹，里头写的东西是梓岁需要到很久很久以后才会懂得的人情世故。但女人不介意，她把梓岁当成朋友，偶尔问问另一个朋友的病情。女人对家里的事了解很多，甚至预感到困难降临的日期，帮了梓岁不少忙。她帮梓岁联系上一家稿费中上的画刊，也联系许多家作文报刊，梓岁只需要勾画几张简笔插图，日子还算不赖。

叩叩叩。有人敲门。大概是新邻居来访。梓岁给桑年打了通电话。另一头模模糊糊，电流声，风声，细弱的海浪声与虫鸣。"你说什么？"她望着窗外的烟火，堵上一边耳朵。

"会早点回去，别担心。"他说。

No. 3

"老板，一个馒头和一张烧饼，还有绿豆浆，谢谢。"水果糖在彻底融化的最后一秒碎裂。喉咙有些干疼，大概是甜度太足。幸好是芒果味，所以并没有觉得很糟。沉暮喝了一口水，又将口罩拉回，罩住鼻子，放缓呼吸。身后依旧嘈杂着，骂骂咧咧地讨价还价。老妇大都扁鼻兀唇，三两在一起指着人家汽车尾巴嘀咕没完。苍蝇已经开始觅食，用口器撕咬砧板。星星点点的黑，道道痕痕的，近似于红的白。早间的街场总是热闹。沉暮挨了一个趔趄，胳膊水淋淋的男人高过他一个头，汗液顺着下颌线交接的点滴落，体味濡晕在发胀的气流里。他回过头在心中默数，那顶枣红色的贝雷帽一闪而过。店主的姑娘抻长了嗓音，"谁的绿豆浆啦，小心烫。"

"哎。"沉暮拍拍被野狗蹭过的衣摆，到邻近的公园找一处长椅坐下，顺带在门口的报亭捎上一份晨报。不急着吃，但也不认真看。只是偶尔需要注入或更新变换些什么来作消遣。

一条狗。半耷眼皮，尖吻扁腮。已经是第三个来回。沆暮将最后一片培根卷入口中，还剩下半张饼与一截香肠。不能说没有胃口，但是已约莫八分饱。他将它们包回牛皮纸袋，细密的油滴，灰扑扑地漫射早高峰的风景。城与人，笨重而奋进。灯泡在白桦林后转成黯淡的黄。沆暮晃荡着腿，听见膝关节咔嗒的响声，像中学物理实验室里的打点计时器，不过忘记装上墨盘，来来回回的纸条光洁如新。人们打着哈欠，牙缝中或食道里未嚼碎的食糜块大小不一，胖瘦参差的沙丁鱼被挤压入无法选择的容器中艰难喘息，从狭窄的鼻腔间一面克制一面分泌出各味热气。

这是八点钟。树影中疲惫如一日的轮廓反照阳光，沆暮睁开了眼。他曾经乘坐过一趟远近闻名的"中老专递"，那天所穿的牛仔夹克在下车后就被投入捐衣箱里，损失不少。但若要谈收获，倒也不是没有，譬如听见了"带孙子的老人衣着总是邋里邋遢，带孙女的则干净且赶潮流"的奇特说法，并在小范围内很快得到验证。邻座大妈三岁大的孙子在一站内为他的白裤面添上三圈鞋印，让他在下车前愤愤发誓："没有特殊情况，我绝不再踏上那辆由中年油腻男和老年太极与广场舞团为主体的八点钟班列。"当然是给自己听的，这样子讲话像神经病。沆暮俯身捏起纸包一角走到垃圾箱旁，大概是宿醉者的男人正搂着另一个男人干呕。最猛烈的污秽在昨夜已在他瘢痕挤叠的脖颈上留迹。沆暮很感激他还记得应蹲在湿垃圾口处处理他自己的麻烦，于是在丢掉纸后顺手自上衣口袋抽出几张纸巾作为谢礼。那条尖吻狗已经离开许久，毛毡鞋面上半干的水痕令人发愁。再路过报亭时是四十五分，还有十五分钟，走快一点说不定可以掐点打卡。

"来啦。""来了。"85号咖啡的气氛从女孩的手中若有若无飘升，长条面包的碎屑沾了几点在女孩展开的唇角。沆暮换上工作服，将长发束起，对着破边的镜子整理仪容。"我以为你手上的皮筋是给女朋友准备的呢。"女孩接过沉暮递来的纸巾，倚在储物柜边笑着调侃，口红的色彩在发皱的唇面上斑驳不均，在被玻璃过滤的阳光照射下显现劣涩的狰狞。"要真是那样就好啦。"沉暮取下腕表走到洗手池边，"不过可能暂且没有机会呢……林予也少涂口红吧对嘴唇有伤害的，你已经很漂亮啦。"女孩对他眨了眨眼。"我说真的。"沉暮拉开休息室的门，示意林予一道出去。下午三四点前的图书馆通常不会大过忙碌，因此他们最需要做的事情便是等待，正经的，不正经的，具体又抽象：新书的包裹，顾客点餐支付；等待咖啡豆变成粉末那一刻溅出的香气，加上两颗炼奶；等待所有人静静翻阅他们的书籍，一切井然有序。上班期间不允许使用手机，当然也不容许大声交谈。他们被分配在图书馆每个角落，也就得以从各个角度观察，等待在中午休息时通过交流拼凑出那些被碎片化的对象，时间一长自然而然成为不可或缺的一项乐趣。毕竟仅凭借外貌的描述去想象一个人的美丑，是每个人都擅长且永不疲倦的事。但对象从未涉及自己。

　　"沉暮老师有没有担心自己丑的时候呢？我是说，如果别人像我这样描述你，披肩的长发，金丝镜框后是一双永远找不准焦距的眼睛，然后……然后鼻梁挺立，有一颗唇痣……"林予把85号咖啡递到沉暮手里，这是林予最擅长做的招牌饮品。"从第一次见面就想说，老师的睫毛真的好长，还是标准的双眼皮。实名羡慕呢。"

　　沉暮站起身脱下工作服，披上风衣后，发圈又回到他的手腕上。"哈，费心你观察我了。说实话喔，如果你这么向别人介绍我的话，我反倒一点也不担心你所说的问题呢，因为世界上特点契合的人太多了。你所描述的那些，长得好看的人都有，看得多了，人们的第一直觉里我就是好看的。当然啦，正因为如此，如果换个描述，比如一个跛了右脚披头散发的中年人，相信你的交流对象不会再来烦你打探我的任何消息。"林予恍然大悟般认同地点点头。"对了，晚上麻烦你帮我同值夜班的朋友知会一声，我面试完就不过来了。"沉暮走出几步又想起什么似的回头，"谢谢你了，85 号咖啡。"

"不客气。"

此时是下午五点三十分，刚好可以搭上最后一班清闲的公交。沉暮将早上未看完的日报展开。"故籽街 208 号，雅牧酒矢。"真是个怪名字。

No. 4

黎微面朝小窗打了个呵欠。身后的林故鼾声细细碎碎，小弌也还未醒。她站起身为他们披好被角，地毯上的安德正在伸懒腰，臀腿部翘起的白毛还有未洗净的红渍。她轻踮起脚，安德循着茉莉花香钻出半掩的房门。

女主人打开厨房灯，继冰箱的开合声后是鸡蛋缓缓扣入玻璃碗，没有机械运转的轰鸣。竹筷搭到碗沿，小巧滚圆的柴犬捣鼓耍弄落地的窗帘，直至所有这间房屋应该拥有的阳光攘满空气，有培根两面微蜷的褶皱，芝麻粒在膨软的肉松上温顺地摆成各式姿态，顶着滚烫酱油的荷包蛋，两片西红柿。贴着落地窗的脸颊已经回暖，迫不及待了，应该向黎微会报感人的温度。"安德，别闹，小心又溅到啦，乖一点喔。昨天梓岁姐姐来的时候你打翻了一杯茉莉花茶啦……等我烧上水给你涂药膏，在这之前不要进厨房，听见了吧?"好吧好吧，难得碰上黎微愿意温柔的时候。安德把另一则脸颊贴在窗玻璃上，眼睛微微地眯起来。两只鸟飞过去，太阳爬到更高一层的叶子边，没有听见背心爷爷用力冲马桶和拖鞋叭噔叭噔的声音。它费力地从深深的饲料饼干堆中捞找培根，又要保证狗粮一粒不撒——今天地板上有好几根头发，不适合把掉出来的东西又吃掉。但黎微不会关心这个——这点倒是依旧如常。

"早啊,安德。"是时候了。

一直到黎微离开后小弋才决定同安德单方面握手言和。毕竟如果没有安德的话,今日丰盛的早餐一定会被现在在餐桌边长吁短叹的男人用黏糊糊的核桃红枣泥替代,佐以几个锅贴。奇诡无比的口味,让她欣然接受黎微第二个建议的同时,又在瞬间明白所谓一条脐带建立的草命情义。

梓岁对于小弋的登门拜访并没有表示太多的讶异,听明女孩的来意便让她进了屋,顺带把昨晚列下的清单塞到小弋的背包里。"你的妈妈会用得到的。"她把围裙解下搭在小木凳上,询问女孩是否需要一杯酸奶。"你在做早餐?""没有呀,那件围裙是画画的时候用的。"小弋才注意到阳台上摆着一副画架,再然后是叼着牙刷的桑年。男孩冲小弋点点头算是打招呼,和梓岁简单交流几句就回了房间。"男朋友?"酸奶不小心滑出来一点。"是弟弟啦。"

桑年再出房门的时候小弋抱着兔子布偶倒在沙发上,嘴角还沾着未抹干净的酸奶渍,饶有兴致地盯着梓岁完成一半的画作出神。"今天不等你的小伙伴了?"男孩穿鞋的手顿了顿,又似漫不经心将脚在玄关处来回蹉了蹉。"嗯,他不会来了。"隐形的尘埃顺着冬风扑近少年的眼睫。今天的楼道分外安静。但除了这点,一切如旧。姐姐站在阳台上,数过第二支梧桐时弟弟的衣摆恰好消失。然后回冰箱拿出一枚土司,画板上呈现几笔新鲜的笔迹。阳光很妙的日子里,小弋断断续续吹出不着调的口哨,安德的尾巴在另一个阳台逆着风儿摇。

黎微在此刻,指尖有规律敲击着陶瓷杯,液面的奶痂被拉扯出难看的皱纹。一饮而尽的架势,使贴出招聘广告的负责人有些坐立不稳。"那个,黎微,如果你觉着不行的话,我们就再找找其他人……"

"你好。"来人脱下口罩，"是……雅牧酒矢？"

"没事。"黎微将扫码牌拉到自己跟前，"店已经交接给你啦，现在你才是主管。放轻松，我又不是来查岗，只是……"

见见老朋友。

No. 5

"闭上眼睛。"女孩握紧的拳头被邬临包纳在手心。"深呼吸。"男人帮女孩把泰迪熊调到舒适的角度。"你说过，黛米不能脏，对吧？"女孩没有接话，但指关节已明显有所放松，只是依旧不愿执行男人的指令。不过不着急，毕竟有值得庆贺的事。今天的她不会再躲闪眼神，至少在邬临面前；也不会在交流的时候制造出奇奇怪怪的响声，能安静听他废话半个钟头。

也许第一次在小吃摊的见面可以回忆。瘦瘦小小的个子，校服挂在身上松松垮垮，散着绑带的球鞋脱开了胶，压填满泥土与草芥。路过他的时候，强烈的汽油味，厕所消毒剂与榴莲的气味裹混在扭曲的食客脸上。小摊老板明显狠狠皱紧眉头，随后便将店铺转交给自己的妻子，半拉半拽将女孩连同书包一起搡进隔间，再后来就是男人的破骂。刀撞落在邬临脚边。

在男人哼唱第二遍旋律时，女孩终于满足地泛起困意。邬临没有再看她，只是在她的手心用指尖沿着指关节靠近心脏的一段浅浅移动，摩挲。晚春正午闷热，他只让助理开一扇半掩的窗。唯一有光的地方留给前来探望的方熹，正举着"秘制独家方仔蛋包饭"的字样冲他傻笑。想想又特意标红一段："给小黎微做了大份的！"

邬临回给妻子一个大拇指，并示意她先用午餐。女孩已进入轻浅的呼吸，悬吊的心情暂且得以告一段落。"邬医师真要改做慈善事业啦？""我本来职业就是人民教师，做慈善事业也不奇怪哦。"同行对他摇摇头，又想起什么似的从餐盘底抽出一只手，"你接下的这碗'慈善饭'可不好端。"邬临对他报以微笑，心中只在意肩膀上起伏的褶皱与染上的酱汁。女孩欲将刀直击喉口，是她对死亡的方式及自身拥有的认识而做出的"本能"反应，而他出手阻止并把女孩推入她完全惊僵的母亲的怀中，反而是社会教予的机械本能。"所以选择端起这碗饭，是我职业的本能所驱使。"

方熹没有否认，把最后一片苹果塞入丈夫齿间。"至少那个女孩不完全排斥你。在这个社会，能选择拯救一个人的生命而不涉及任何利益关系，除了职业本能之外，总是还有其他原因的。再说了，你不也觉得小黎微不在典型的抑郁症患者之列。更大可能，是在接近末路而已。"

邬临很开心，方熹说对了一点。

助理半引开门，黎微的母亲抱着一篮筐水果站在门外，拘谨地笑着。在那一刻找到第二个原因，时间的本能。"我等你告诉我哦。"临走时邬临对黎微摆摆手，拉了拉钩。邬临走进会客室，方熹所沏的茉莉花茶温度恰好。他和妻子对视一眼，黎微的母亲似乎有些忐忑难安，手指在沙发的表层来回滑动，"医生，这皮革，得多少钱呐？"

黎微关上手机，酒吧外开始有人零零碎碎地徘徊，吧台上伶仃的高脚杯艳摇欲醉。她注意到墙上的装饰画相较先前留出一块空白。"大概之前有人寻衅滋事，摔坏了就没再挂起来。酒吧不就这样嘛，总是要日日新的。"侍者意识到自己多言，便自顾往前，直到另一片阴影之下。"现在，大概在地下室里吧。"女子站起身，隔间的灯光透过门缝隐隐漫散鞋尖。她猜男子前来应聘调酒师。虽然不大愿意承认，这家酒吧最原始的独家招牌饮品，大多是出自现在于面试官面前正襟危坐的"学徒"之手。

"鱼。"女孩抱着泰迪熊靠在窗栏，"带我去。"男人把车停在水族馆门口，她坚决地拽住安全带。"不要。人多，难。"

最终邬临把车开到几十里外的郊区，那里有一块熟人家的野生鱼塘。黎微收到主人家赠送的几袋鱼食与当地特产的干果。考虑邬临的建议，她把黛米留在车上，但要求必须让黛米看见她。女孩跑到塘边，跪曲下身将鱼食抛撒到水里。

落日就要到来，鱼掀起的浪花溅上黎微绽开的嘴角。她看着高铁路过田野的灯光，于是星星便来了。"你看。"一枚金黄色的鱼鳞。邬临注意到今天女孩的指甲圆润可爱，像鱼群月牙般的吻。那天傍晚与朋友共进晚餐后，黎微第一次主动开口，向他提起自己的家乡。

"他们为什么一定要把我送进那家学校呢？为什么一定要到城里去向不称职的人低声下气，向未来社会欺软怕硬的渣滓的父母低声下气……"廉价的化妆品，刺鼻的香水，女人在闷热的夏天，于乌烟瘴气的厨房之中依旧戴着一层口罩，溃烂的皮肤花去家中又一份积蓄。"起早贪黑，兼职奔波，忍受在别人手下被役使的日子，终于有自己的店面，自己的家。可为什么还要在每一回家长会之前，将自己包装成残次品……生来就是不同阶层的人，如果没有能力，为什么不能在属于自己的一隅安生经营，非要拿'前途'的名义撞得头破血流，成为冷门的笑柄，一年一热，热过即散。而这么做的结果呢，邬医生？语言暴力，被霸凌，作为每日取乐的工具。他们说我前途似锦，他们说我的不修边幅给他们丢尽了脸，他们渐渐觉得我是废人，却依旧不愿离开妖魔群聚的圈。

"那天回家的时候书包尽湿，是我下了河边的菜地，将书包上的泥土洗净后，才敢回到家里。他说我还不如死了算了。是不是只有我离开了，消失了，他们才能放心去追逐他们所理想的光芒万丈？我不是他们接近名利的献祭品呐。我只想要小时候，放学就能回家，不用在傍晚走窄巷子时担惊受怕；放学能赶上夕阳晒在头顶，从窗台上往下远望，鱼塘波光激滟，身形笨拙的父亲戴着草帽在稻浪间一晃一晃。他以为自己藏得很好，可我早就看见了。那是一只泰迪熊的耳朵，露在圆滚的肚皮之上。"

黎微被纸箱上厚重的蒙尘呛得咳嗽。储物间灯光昏暗，她叼着手机，借光找到另外几块。鱼塘，月光，扁舟灯火昏然。女孩的影子玲珑一团。最后一块。

突如其来的躁动，碎片脱离开手。等灯泡再次亮起，楼道间，隐隐铆钉靴响，渐远。

No. 6

来客在阴雨中欢饮，男人斑白着头发，在其间东倒西歪。妇人贴身的雇女此刻已无暇融入宅院的悲伤，在厨房内外指挥得火热，享受权力带来的自由与欢愉。但是依旧该板着脸色，否则前功尽弃。妇人靠在方熹怀里，像一尊优雅的雕塑，接收问候与无关痛痒的吊唁之语。节哀。他们都说，那辆汽车真该死。最后一片冥灰被雨点击落，在花园中央的水池化为脓水。

吃饱喝足就该离开。方熹送走所有人之后，妇人再次从梦魇中惊醒。干枯的躯壳蜷弯在藏青色的毛毯里，壁炉内仅剩几点星火相互依偎。方熹把牛奶递到妇人手里，安眠药的剂量在妇人的指定标准之下又仍偷减去二分之一。"岁岁回来了吗？"

"还没呢。年年和爸爸在一起。"

妇人抽出手，将方熹引至自己身侧坐下，就着苍残的廊灯，忽而剧烈咳嗽起来。"白发送黑发。"室内最后一丝温度氤散，雇女已深深打起鼾鸣。"方熹，你害怕吗？"

很久之前也是这样的夜晚，只是那日尚有明朗的月光。他们开车自小吃摊回家的路上，邬临这样问她。"我不希望任何一个人选择死亡。"她低着头，黎微决绝的姿态让她后怕。

"可你是作家。"

"我只让他们在合适的时间离去。"方熹摇下窗，夏季潮暖的气流穿过她的指尖。邬临笑着叹了口气，将方熹的手往回拉了些。"梓岁长大以后可不要像你，一点安全意识也没有。"

方熹斜睨了邬临一眼，将手背贴向邬临的脖颈，猝不及防。"我想听听你的想法。"

邬临的东西依旧保持原样。这是邬太太的意思。这几天她偶尔会进来为方熹披好被子。如果两人都没休息，便一起说说话。很多时候是从邬临八岁那年开始，又突然转到十三四岁。"他从来不这样。"

方熹拉开抽屉，邬临留下了一枚钥匙与三封书信。但书信皆未到时间启封。她记得邬临有一个保险箱，寻找的时候掉出一本画稿。之前工作之余邬临必定把它夹在身边，不过在得到允许后认认真真翻看，方熹的确是第一回。详略的线条，黑白色彩皆有。每一幅画的右下角除了记明时间之外，还留下三两行长长短短的注解。从歪扭的幼儿体逐渐成长为挺括的少年恣意，再后就是因职业病而带出的龙飞凤舞。

邬临将车停在家的篱墙旁，拉下两翼窗让风呼呼地鼓进来。他将身子斜倚在方向盘上，眼神微蒙，语调尾声拖着慵懒。"一个人在世界上不能永生，但他一定永远存在，每个人肢解完毕后，留在这个世界上的物件便依附着他的灵魂。这样听起来也许有些无情，但我从不因任何一个人的离去而感到悲伤。尊重患者是每一位医师的必备素养，我会为他们所展现的直面死亡的勇气而表达崇敬，为他们之后所获得的自由备感欣喜。"

邬临转过眼，将方熹的手掌搭在下方，嘴角噙着浅浅的笑意。

"所以呀，我希望：如果未来某一天，我是指当我们都白发苍苍，到合适的时间的时候，不要有人太想念我们。至少，不要太惦念我。"

画稿停了几页空白。方熹尝试着再往后翻，一棵树伫立在山湾。逆风生长的枝干扭曲成奇特的姿势，但对于孩童来说，不论观景或玩闹都将会是极佳的场所。枝叶繁盛，潇洒无忌。

"一朝生机，半暮渊阳。"

又是新黎明。

（未完待续）

碎碎叨叨：

很遗憾，在书出版之前没有将这篇故事写完。灵感来源于《百年孤独》。希望能够写出一点"离经叛道"的味道。尝试魔幻现实主义。主题精神是展现一种"挣扎"吧，追求自我。为逃离现实、逃离过往而不断做出改变，对抗传统，不问归路。

至于写了多少——目前能看到的篇幅按大纲来看只有四分之一。（对不起 Q w Q）2021 年 6 月后会认真赶稿的。说不定还会大改……毕竟方方面面实在太不成熟了啊。

人物概况先整理在这里吧：沅暮（邬临）：画家，心理医生；方熹：作家，邬临的妻子；岁岁（此岁岁非彼岁岁）：全名邬梓岁，桑年的姐姐，邬临和方熹的女儿；邬桑年：小名年年，邬临和方熹的儿子；黎微：邬临的患者，年龄比岁岁稍长。

当然不会告诉你们接下来会发生什么。虽然很希望能够被期待一下（疯狂暗示）。

跌跌撞撞：找星星去！

不忘初心·碎语

①"一个人行走的范围，就是他的世界。"对北岛所说的这句话，我深信不疑，只是忘了出处哪里，也并未完全理解。将它记下之后携带在身，哪日需要了再翻开——二十岁以前的我这样想着，然后穿过大学来到这扇门前，以为心中怀着忐忑，更多是无法言喻的热情。昂扬的雄狮，蔽日的高楼……真好啊，世界又丰富了一点。

②不忘初心，砥砺前行。响遍社会的口号到嘴边，依旧激荡不已，仿佛真有浑身解数。但何谓初心？何来初心？我的初心，又是如何？也许在未来的某个清晨我将这样审问自己。看看身边的人吧：他们因拥有第一份工作而欣喜，因赚得第一桶金而抱有满足，接着便日复一日忙忙碌碌。然后呢？刚入职时那份对于手上工作的热情，时刻的新奇感与满足感，高涨且认真的学习态度，在时间的稀释下还剩多少？实话实说，我不敢保证。但也正因如此，在未来的日子里，我必以实践证明。

③初心，可虚可实，但皆可贵。一个不忘初心的人，必定在日常中活得坚定认真，一丝不苟。如何把握，分量或轻或重，在于个人拿捏。一直相信，时间是对人对事最好的一种历练和考验。它会选择，会证明，会成就，因此无须焦灼于一时成败。不过秉

承初心，认清自我每日生活，后脚踏实地而已。

④定好闹钟，在第二天起床洗漱的时候顺便拉开窗帘，等待阳光慢慢覆上眼睛。吸气，吐气，和世界交换新一天的讯息。远去是昨日的疲惫，接纳的活力、自信、勇气，属于自己。然后就迈开步子走吧。对了，在揣上规划与目标准备奔跑时，别忘唤醒初心，那份最纯粹，不染尘嚣，永远炽热——是对生活的热情。

旧城记——南京, 南京

壹

　　期盼已久的南京之行终于起航，心中自然是压抑不住兴奋之情。早晨五点出发到厦门机场等待九点十分的飞机，很幸运并未延误。坐于座位上，看着机翼下方明晰繁闹的世界渐渐被白云拢盖，换上另一种简单纯净的风采。远方云如公鸡啼鸣，如白骆移行，脚下层层岛屿，头顶却是汪洋，缓缓分流成江，成河。细观，云上除无际蔚蓝，还镶一层金黄，裹着不易觉察的暖光，似橙，又似粉，简单颜色调不出它的柔和。我感受飞机起升降落，感受心似有若无的起伏，感受风声猎猎，感受飞机大笑轰鸣。身边乘客已沉沉睡去，看来是个严肃的男人。或许太忙于奔波，黑眼圈在古铜色皮肤上也明晰可见。他狼吞虎咽吃着盒饭，咀嚼并不美味的零食，看着小屏幕上无声的喜剧，这应是他难得悠闲的时光吧。

　　恍惚间，广播已传来即将着陆的讯息，往下张望，入眼帘已是一排排一列列农家小屋，一块又一块密织田地，连绵群山，小巧却不输气势。隐约可见，还有一小段长江奔涌与长城威严。飞机终落平地，"南京"二字基于大楼之顶。红色，闪光。

　　我说，我来了。

贰

走在南京街头，很意外，并未嗅到过多城市气息，也并未体会过多陌生与拘束，相反多了一丝喜爱与亲切。它像一个放大版的小镇，质朴简单。沿街边小路走，有小贩零碎叫卖，淡淡烤鸭与栗子香扑面而来。

十字路口有卖艺人，穿灰褐长袍，戴古旧圆帽，梳及腰辫子，还有墨镜八字胡。他在太阳底下端坐，七八月天却未流汗，仿佛真入仙乐化境一般。扬琴音符断续，仿佛让这个喧嚣世界陷入一场安静冗长的梦里，缓缓行。疏影满都，微风轻吟。

若说南京街头几大奇，记忆最深当是所住宾馆前"十秒"交通灯。倒不是真是那般短，毕竟九十九秒倒计时确让人难熬。第一日刚到就让这家伙带进坑里。原本气喘吁吁刚从地铁站一路跋涉而来的一行人，看到仅剩几秒就拽着沉重行李箱狂奔，看当地人一脸悠闲姿态，再瞧瞧依旧杵在跟前的大大绿数，心里忽而明白什么，不禁苦笑。

抵达宾馆稍作休息，因为单双人床和预定失误等一系列问题，到下午五点钟总算安置妥当，出门觅食逛街览景已有些精疲力尽。

此时正值下班高峰期，地铁和公交站无不是人拥人的"血腥"场面。取票机前早排起长队，爸爸在旁搜罗钢镚与十元纸币。习惯扫一扫或百元大钞出门，其时遇到这么个大将实有些尴尬难办。好容易凑齐，换来四块硬币大小的蓝色圆票，匆匆过检票机，登上与目的地背道而驰的地铁。看着和自己相遇相知相离的另一条地铁，我与弟弟不约而同对上眼。

人生总要经历些戏剧时刻。

叁

秦淮河边。江南贡院。

一体式复古建筑，白墙灰瓦，彩船行游水上，划几道银波，两边高草茸生。虽不见青石板路，也未有绵绵细雨，但有高挂灯笼，油伞临街，也是几分江南韵味。

迷迷瞪瞪，四人挤出餐馆，各手捧一个巴掌大烫手塑料碗，用吸管吸包子里的馅，汤水和油流了一手，黏黏腻腻措手不及，模样显得有些狼狈。包子味道并非美味，只是吃着"蟹黄包"的招牌。在我看来，和自家自制猪肉小笼包倒是一个性质的玩意。自然我是不敢说出来。

稍微喂饱肚子，找个小池子洗了手，便继续往里行。沿街店铺皆是花绿彩绸，隔几步是小吃。旅游景点特有的商业景象。灯接连亮起，昏黄，也有白炽，投在地上晕开如水墨，增厚几分江南韵味。人群嘈杂，却隐约听来一声声清脆铜铃响，还有车轮轱辘声。这倒是从未见过。循声找去，几个黄包车小伙从不远的巷里窜出。头顶黑圆帽，身着黄布衫，脚踏黑布鞋。他们挺着胸脯，踩着匀健步履，奔行在市井繁华里。我本想坐坐，只可惜载满客。说到底，我也不知该往何去。

跟父亲东跑西逛，终于在尽头找到所要。"江南贡院"四金字扎于黑匾，在灯光瑞泽下更是一份光彩。二老混迹社会多年，表示对此已无多大兴味，同时嫌门票贵游人多，便让我领弟弟同进去。

我们顺石子路走，地上时而有石雕镶嵌，多是花兽。不知是什么，但定是寓意吉祥。右手边是三大堂，状元居中，榜眼居右，探花居左。门口是一老书生，背书箱，大概是前来应试，脸略瘦削，浅带沧桑，却依旧笑脸盈盈。该是有好兆头，成竹在胸。

再往里是傍临秦淮的长廊。都是些旧时所用笔墨纸砚，甚有烟袋炊具，还有考室。这些在上廊。下廊则是应试高中的状元郎，手奉书卷，屹立当风，面含笑，唇微张似欲吐语。想来大才子也醉心于这绝美秦淮吧。再行便是圆拱石门，门旁有石雕镂空窗。从窗外窥入，隐约可见几株殷红。香火幽逸。

我站在庙前，领小弟双手合十，往里庙神像拜几拜。烛光幽暗，庙里有零散几人，一为四十出头的妇人，一为及笄少女，还有一将要高考的少年。少年手中牵着一条祈福带，走至庙侧，将其栓于满目红墙中，在风中摇曳。

肆

这日旅途，注定沉重漫长。也是我执着于前往南京死缠烂打一大缘由。

远观深夜足球场后，经过一夜休整，辗转几路公交地铁，终见到日思夜盼的心上人。

灰白，陈桑，冷寂。十字架碑顶立苍穹，寥寥数字在九点钟火热阳光下有些晃目。美好似乎被无形屏障隔绝。往来人都默默，或手捧黄白花。沿岸惶惶石塑下，水很清，很静，很平。不忍打扰。

一九三七。

母亲衣衫褴褛，早缚尘土痂血，干枯手上捧着尚在襁褓的婴儿，却瘦得不成样子。原本体态丰满，如今却是人鬼不分般模样。双腿巍颤，灰暗爬满她利如刀锋的脸颊。双目圆睁，决眦之态势要将这世界问穿。可哪里是答案。炮弹炸开，那干裂嘴唇再未合上，秀发齐指天穹，是她未平息的怒火和无以掩饰的绝望与悲凉。

被杀害的儿子永不再生，被活埋的丈夫永不再生，悲苦留给了被恶魔强暴了的妻子，苍天啊……

人群渐渐漫上石子路。八月天很热，我却打了寒战。路边有一堵黑色大理石墙，墙三分之一处用十一国文字反复刻写一件事。遇难者，300000 。刻骨铭心。之前查过史料，三十万数字其实还并非全部，只因日本人胆小，怕恶鬼缠身来日报复，毁尸灭迹，屠杀后用汽油焚烧，尸骨化灰而无处去寻，沉淀在如今水泥路下，我们都行走在白骨堆上。恶鬼降世，屠城灭民。丈夫拖着被奸杀的妻子，僵死幼儿吮吸着身寒母亲最后一滴乳汁，儿子拖着八十岁老母，失去双亲的孤儿在尸骨血肉上奔驰。逃难，逃难，逃难。长达六周的屠杀，不仅仅是刀枪简单演绎，更有甚者，他们用火烧，用土埋，用药物毒，用他们的身躯奸杀，用一切你想不到的残酷手段让你在受尽折磨与凌辱后不甘地死去。看着一个个亲人倒在自己面前，听着魔鬼叫嚣欢呼。女性绝呻，皮肤溃烂。这内心该是要住着怎样的巨人，才能承受住这样的身心摧残而理智生存，给世人一遍遍回忆这般苦痛，一次次揭开伤疤。

历史陈列馆。两米高的幕布上放映的是现存遇难者采访视频，附在刚进门一堵灰墙上。头顶空调嘶嘶抽冷气，身侧黑压压一群人静立，背手凝视，手攥白花，或噙泪。可听见浅浅叹恨之语。我插了个缝，在前头立着，听着。我以为飞机开始轰鸣。弟弟紧拽我手："姐，别看了，走吧。"我讷讷点头。穿过人群是几年来收集的遗留物件。大到草鞋、毛边笔记、书页，小到指甲盖大小的纽扣、幼儿虎头鞋等。前不久在神魔小说中看到，有人将成人手掌般长短的钉子钉入人颅骨以操控他人，今竟在陈列馆中遇见现实还原，一时不知该说什么好。残忍无情之类的词语已经不足以概括这六周所发生的一切。大大小小生锈长钉排满绿幕，有手指粗，也有牙签细，有曲有直，以血为养分生根发芽。不想作过多停留，七转八弯转到第二展区，才渐渐从浑浑噩噩的情绪中脱离出来。而后三个展区所记录，是当时在华外国人对于难民的救赎以及将事实公诸天下，以及日军于南京投降场面。算是有所释然，也不再多做表述。

出展馆大概九点四十五分。我和弟弟先出来，就在道旁坐下喝水歇息。我拿相机乱晃。是几株树，看来似松柏，不高但正茂，绿茸掩去相当一部分炎热。树围栏前有大概一人高石碑，上用日语刻着铭文："赎罪以祭灵。"落款无名无姓，只写"日本一老人"。大概也是为宽慰足下冤魂而立。

随茫茫人流移动，穿过长廊是块空地，前方一个大大"奠"字，白花环，一口大鼎蹿火，吐漫天烟尘。一条路给祭奠者，两旁为鹅卵石，远观是裸露尸骨。我走上前去，恭恭敬敬拜三拜，鞠三躬。身后，是万人坑。

踏上那黑暗长路，眼前渐渐明晰起来，昏黄灯光聚焦在一具具白骨上。在网上看过数遍的图片倏地全活于眼前，不免感到面部急速充血，忙低下头不骇出声来。每具骸骨皆有标号，有些较为完整，有些残缺不全，有些无主。几具骸骨有说明，头顶是遇难者旧照。他们就在这片土地下长眠。我努力看清每一张面孔，每一个名字。

万人坑连通冥思厅。里面灯光很暗，只有脚步声，两旁是玻璃，映着烛光。快到尽头是照壁，几列方块白字于其上："让白骨得以入殓，让冤魂能够安眠，把屠刀化为警钟，把逝名刻作史鉴，让孩童不再恐惧，让母亲不再悲叹，让战争远离人类，让和平主导未来。"这"六让二把"大概就是修筑这纪念馆的初衷和最终目的。

伍

南京，一世繁华，因极富天子之气而被冠以美名"金陵"。既受益又罹祸于其得天独厚的地理位置和气度不凡的风水佳境,战火肆虐,兵燹涂炭,但亦屡屡从瓦砾荒烟中重整面容而焕新。它也是中国四大古都之一、名列首批国家历史文化名城榜单,历史上曾数次庇佑华夏之正朔,长期是中国南方的政治、经济、文化中心。不得不叹之:

传奇。

随想手札·失

一

我们
都是木头人
迟钝得很

我们
有眼睛鼻子
嘴巴和
耳朵

可
迟钝得很

咽下　代码芯片
收下　花言巧语
留下　大片大片　银色的　白色的
不是雨　不是雪
是浅棕　它慢慢变
成了深棕　黑色的

来了

蓝萤色的小虫啊
请不要吃掉
榆木的顽固
迟钝手中　正举
一把匕首

二

没有人愿意听见某一个人死去
即使是我们所认为的万恶不赦的人，也有万恶不赦的人在将
他悼念
但也没有人愿意听见一个人活着
即使他受普世爱戴，也有来自普世爱戴的诅咒
不过是事未上门，我们习惯：
习惯吃喝玩乐
习惯呼吸多杂浑浊的空气
习惯喜欢，习惯讨厌
习惯被簇拥在拥挤的人潮里
像一只皮球
与千千万皮球一起
与那最大的皮球一起
在不同维度中，周转，长笑，长叹
麻木在不同状态里

三

假若有一天，我死了。我的后辈为我的未来做最后一回规划：

圆边方孔淡黄色的糙纸钱，纸糊的车与楼。从玻璃棺椁被移出的那一刻，我突然不想走了。睁眼。带来的定是：惊喜？惊吓。

必然的，蓝色的火。灰色的我与苍白的簸箕。

四

我总该认为吧，灯光下应有尽有。先摆一个，一个不倒翁，掉漆。它的脸被弟弟削掉半边。

再摆一匹，一匹小马，跛脚。一只泄了气的绵羊。分别是红的，黄的，白的颜色。又有棒棒糖——最喜欢的草莓口味。几本书，缺了架骨，摊成一弯海浪。呜呜翻涌，足以打断我的脚踝。但我乐意，因为海清凉舒畅。我想象着，沙子像蛇一样钻入我每一根指缝，也舔舐我的血管，在我的心脏安家。世界不过是我想象中的黑。在我睁开眼时。

五

爸爸妈妈躲在房里研讨我的性格。"她应该加点魄力。""她应该少份暴躁。""她应该多说说话。""是啊，她太偏爱沉默。""将沉默捉起来。"捉起来。

我推开门，让他们相拥而眠。

白日梦想家

拧开床头灯，对床的挂钟显示凌晨四点一刻。稀稀疏疏的灯光在楼下小区的水泥墙上游走。调高空调温度，抱一沓纸与椅子面窗而坐。天尚黑，阳台的金鱼亦在呓语。我想睡却再也睡不着，老老实实打了个哈欠。也许是梦里漫长的奔途令我疲倦。在那个时空里，我又一次扮演游戏里的逃亡者，拥有羚羊的四肢，在广袤无垠的雪地，盛开彼岸花的湖底。有列从煤矿场中开出的火车，哼着诡谲而曼妙的异域歌戏。巨人挥着长斧在身后追赶，明灭的廊灯照醒两侧窗台的眼睛，秃鹫羽毛掠过的时候洒下金黄的麦种，结出焦褐色的布袋。它们在夜色中膨胀，升起又坠下，炸开满地繁星与一树樱花。巨人被拦截在黑暗之外，萤火虫迎面而来撞入我的眼睛，于是像先前无数遍一样，我在烟花盛开的瞬间醒来。发现裸露在外的皮肤冰凉，发现用荧光漆绘在墙上的字迹也失了效能，又是几堵普普通通的墙。一时间感到怅然。大概因为我知道，接下来的几个小时，直到太阳升起之前，我是不会再做梦了。

可不做梦又能干些什么呢？我原本就不属于夜长梦多的人群。永远是上床闭过几分钟眼，就到了黄昏或者第二天清晨。拉开窗帘的时候天气晴朗阳光大好，却更多意味着我该回归生活，重复他人所谓经验而循规蹈矩。这时候我常愿意在另一个时空多逗留一点，至少不用面对喧嚣的白昼，秉持着坚不可摧的笑脸问候寒暄。毕竟不是每个人都适合灿烂的场景，嗡嗡作响的空气让人渴望逃离。

　　趴在课桌下书写今日生活的纪实，弥空飘扬的酢浆草，随风舞动的火焰木，却常想念梦中的白兔与黑马，白兔跃上马背便所向披靡，黑马带它闯入名为"落日"的森林。然后在那里同狮子结为盟友，不用畏惧豺狼在某一天将会来袭。它也许可以满足松鼠的愿望，把它松软的尾巴变成取之不尽的松果冰激凌；也可以把犁牛恼人的鼻环换作青草味的甜甜圈。落日下的时空并不在乎所谓逻辑，只是生命的本能与喜乐。于是在另一个人的落日里，同不见面容的客人品尝异地美酒，在森林深处欣赏昨夜大漠之中的长河月色。

　　而至于我——打开窗，温润的气流瞬间笼罩我的睫毛，双目微阖，感受着朦朦胧胧的雾气在眼角流连，也许是远方不倦的山岚。下过雨的天仍未大亮，只摇起几片简单的云盖着灰蓝的大地，薄如纱衣——要不就做千万丝风中一缕。逍遥闯荡无问西东，信手便为北方捎去南方的水汽，为南方卷来北方的雪粒。高兴时则为太阳开疆拓土，让阳光得以驱除每一只困人的梦魇，唤醒熟睡的灵魂。然后四处巡游，去广袤无垠的雪地，盛开彼岸花的湖底。乘着从煤矿场中开出的火车，轻声应和那诡谲而曼妙的异域歌戏……

　　另一个时空，有一座名为"落日"的森林在等你。

到　达

躺在床上，头脑一片帆白。现在是下午五点钟，天气微凉。

我站在面对家后小区的窗前。穿着玫桃棉衣的老人经过，手里提着红塑料袋，装瓜果香烛，律动着往前离去。屋檐下打出火星，便有机械嚣响。锤椰叮当清脆，到年末，也有一只接一只的鸡鸭在各色案板上开花。对面几盆吊兰一年四季如此，没太大变化，青上镀一层灰，不如我家多肉。刚买来那会儿还没食指长，现在四十厘米打底，母亲好不骄傲。弯弯绕绕，随风婀娜。再抬眼，天还尚亮，已经华灯初上。第三个街灯灯泡兴许坏掉，由昏黄变成白炽，倒像是永昼了。听闻南靖是不夜城，二十四小时不闭路灯。但一点也不羡慕，有日有夜才是好的。人要歇息，灯不然。

冬日的围墙上依旧趴着稀稀疏疏的青藤，叶子挺大，巴掌一路往下。也才想，自从几年前家中入窃贼后，后巷我已许久未涉足，顶多是望上一眼。其实去还是能去，但大概是不愿。要出门右拐，经过手机店面包铺，拐弯后再经过一户有凶巴巴黑狗的人家，才能进入一条二十来米长的巷子，碰到只能是小区外围的墙，墙顶部的玻璃碎片在电缆间明晃着光。倒不如远观。况且，巷口仅剩张积灰的小竹凳，跛了一只脚，尽管用粗铁丝捆扎，也还是被遗弃。常常在那晒太阳的阿嬷不在了。当年爱显摆，阿嬷是我在后巷结识的唯一看客。我们不说很多话，她看着我玩滑板，从这头到那头，再滑下坎坎坷坷的斜坡。我爱变换花样，折返时就能听见她微微沙哑但有力的称赞。她的目光和外公镶的金牙一样，会闪。我因而乐此不疲，常大汗淋漓，尽管第一次滑时膝盖摔裂了两大道口子，从此以后心里都怕得要死。后来假期结束，我不去了，阿嬷还在晒太阳。她有时会朝上望，恰好我在，便同我打招呼，大腿间躺几团毛线。不知道是毛衣还是围巾，织完否？已与我无关。

从我的乐土被刨去那天开始，这里与我的童年、人生便已无关。大卡车，挖土机，水泥车，统统在那几个月内隆隆劳作，咬去遍地盛开的野菊花和蒲公英，吞噬层层累累躺满蚯蚓蜗牛的土地，卷碎其他一些我已不记得的，换来几株满大街插种的不知名的树，三三两两停车处。围墙高高筑起，原本不相往来的人们更无照面可打。但或许也没差别，各家还是那样过日子。围墙里的多层保障，废屋堆成了有名分的小区，该高兴。那个有过一面之缘的朋友，我还记得她的家，盖在银灰色铁皮下面有橙色铁闸门就是。说来胆大，结识不过二十分钟我便进她家门，玩得不亦乐乎。当时我们乐于用矿泉水瓶压水在水泥地上写画，也是通过这种方式互通姓名。十年以后，我还记得她名字第二个字是丽，与我同姓张，家里有个弟弟。难得，其他再说我也只好摇头。

没什么可讲。

作为一个立志以笔为生的荒唐人，说这样的话大概是可怖的，但事实如此。突然从一团糟的忙碌中脱身让人崩溃。捏着笔的手在浮躁，我的心也绝对不是安静。不得不承认，我渴望社交与逃避。我希望我的 QQ 提示音能响个不停，而不是我一人隐身；我希望和他人分享心情，而不是一味微笑，故作神秘。但我也希望就那么蜗居房间，拉上窗帘，播放永不止息的音乐，一本接一本读我所爱的书，再去接受我所在的这个世界。每天蹲在电脑前浏览他人生活时，为他们感动，为他们快乐，获得短暂愉悦，可最后留给我的是什么呢？抓不回的时间，似乎一点也未见好的心情。

现在桌上堆着练习册，物理和化学两科。我明白我还有许多事未完成，我知道我在改变我的人生。从前自愿放走的人和事，现在或未来反而成了最为深刻的回忆，有时候甚至惆怅不已。但事实证明我的决策是世人口中所说的正确。那就正确吧。我不是哲学家，所谓的现实虚拟本身就是代名词，没有意义争辩。何不聆听眼前。

熟悉的钹镲鼓声又不知从何方来到这里。过红绿灯后便有两辆白色面包车，分给最后相伴的人。他们会像三年前的我一样，驶上盘虬山道，偎着身旁还在的体温。目的地很冷，刮着潮湿阴凉的风，面向望不见边际的山林，隐约有鸟鸣。他们也会在铁炉外等待，走十几米距离，跪在地上把最后一丝温热和灰白色的粉末碎屑倒进盒子里，裹混木材与酒香。贴上标签，孙儿祭拜，和千千万同伴共眠。

现在是冬日。

再几日春来，便好。

道 平 常

　　水声戛然而止，女孩闭眼睛摸索，抽出几张纸巾在脸上胡抹。灯光下，镜子中的事物泛白。她眨眨眼，嘴角含着迷茫，盯着自己的双手飘忽不定，对水汽后的躯体感到陌生。她曲起中指捏了捏自己的脸，像滑过母亲做蛋糕时打的面粉，剥下一层肉眼不见的油。她又打开阀门，水哗哗流淌，挤压出满手掌的沐浴露，奋力搓洗，漫无目的。隐隐约约听到开门声，便理好头发，穿上睡衣。

　　"妈妈，今天你又买了什么好吃的？"她环过妇人的腰，下巴搁在背脊上，感受小腹处微微隆起。"我点了糖醋排骨，待会儿再炒几个菜，喂饱你这个小吃货够了吧？"妇人回过头拧拧女孩鼻子，挽起袖子走进厨房，与女孩相视而笑。女孩倚在门边，给母亲讲近一周来发生在学校的趣事。说到关于考试的话题就下意识避开，她对这些感到无名抵触，尽管十分在乎。但她更愿意耗费时间同母亲扯人情世故，只是大多数时候母亲不能很好回应，让她有些失望。

　　"快考试了吧，准备得怎么样了？"妇人低头抖净菜叶上的水珠，让女孩给她递茶壶。开水从刀上淋下，女孩深吸一口气，不晓得第几遍回答，"就那样吧。"再补上一句，"您别管我，我会安排，读书是自己的事。"说得句句在理。然后折进房间关门，望着未开封的书包和计划发呆。电脑桌旁的垃圾桶积攒零食袋与果皮，还有大团揉皱的纸巾。左手腕上银色链子在反光，她喜欢把它和手表缠在一起，中间的莲蓬和表盖在运动时就会发出丁丁脆响。除了放假在家。

女孩打开电脑想敲几行字。打开音乐，播放最喜欢的几首纯音；却浏览网页，看挂念于心的漫画与小说片段；关注的明星又更新啦，于是要点赞。还是无法快乐吗？她打开文档将脑内不明所以的杂乱碎语一并倾倒，又立马点击删除，之后坐在椅上写数学卷子，公式在脑内飘忽。仿佛害一场大病，手指软绵无力，指尖冰凉。女孩紧攥左手，犹犹豫豫抬到鼻尖，残存着沐浴露的柠檬香。父亲嘻嘻哈哈从外头唱着歌回来，弟弟又买一套中意的玩具，兴奋地向母亲展示他考一百分的奖励。有脚步声临近房间，她慌张关掉所有网页，留在桌面上是仅打题目的白色电子稿和不明唱词的音乐。举起笔的手悬在半空。"宝贝，吃饭了。"她在草稿纸上涂画，父亲的双手架在她的脖子两侧，烟草味裹着茶香浸染衣领。她松一口气，嬉闹着打掉父亲的手，转过身照父亲的大肚腩结结实实来个拥抱。热量升腾舔舔她发冷的脸颊，终于能够喘息，享受父亲的手在她后脑勺抚摸。

晚餐时间一切如常，母亲嘱咐她多吃菜，弟弟低头扒拉已是半碗汤水的白粥。手指不得闲拨弄桌边几罐泡蒜，绿色外衣衬红椒，在灯光下绵浮，让她什么都没想起。同父亲插科打诨，母亲又要张口讨论她的人生，她抱起书包蹭蹭上楼，关去铁纱窗，点开彩灯。竟然比中央纯白玻璃灯照明质量要好。

小镇夜晚总是不安静，时时刻刻车水马龙。对面好久不见的摩托车专卖店竟又崛起，仗着有大喇叭循环播放上个与上上个年代最劲爆的歌曲。音符砸进玻璃窗，女孩拉紧窗帘。楼下还有父母的交谈，弟弟终于从饭桌上解禁，不过还是要写作业。独享了十六年的空间终于有了第二个主人，她有时盯着几本一年级孩子的看图写话发笑。稚嫩庞大的笔触很像小时候的她所写，房间门上还有她长大后因害臊用图片遮掉的涂改液。那是她踮脚歪歪扭扭写下的错字，头重脚轻美感全无。仿佛刻上一点东西就是自己的专属。可她从来就忘了给自己的本子署名，那本讨要了四五年的处女作不知道还在不在那人手里保存着。兴许早就扔掉，并不是所有人都一样怀旧。

当年自己很有毅力。她摊开本子写草稿，做饭前未写完的题。处女作是熬夜数个月完成，半夜十二点爬起写到凌晨三四点是常有的事。尽管剧情烂俗，还是收获圈子里的好评。她到现在还能回忆起开头是如何。三个大小姐和三个富二代的门当户对，前几日同朋友交谈时表现出充分的嗤之以鼻。但有生之年是再写不出这样不含思想的文章了，长达万字有余。她的内心又开始斥责那位忘性大的朋友，于是会在旁人跟前反复提起，可有什么用？还是要回不来。

女孩被最后一道题弄得有些烦躁，划破纸片上男孩们的脸。母亲上来递过一杯水，水果被细心切好装在铁碗里。这样的铁碗家里有两个，一个是弟弟的，只在吃水果时使用。她塞一大把进入口中，两腮酸疼发胀，咽喉处像被撕裂。发汗的手擦过眼睛，水渍更加明显。有时候她希望自己是个男孩，在学大人发泄时就不用胆战心惊。

女孩蜷在衣柜里，柜门半掩透入后区人家的灯光。室内昏暗，她可以躲在这里思考片刻，心中记挂摊在桌上只画几道荧光痕迹的教科书。她并没有那么热爱，对学习谈不上使命感。不过是做着千篇一律，世界分配给她这个年纪的任务。时而颓丧，在外受亲戚夸奖。人最了解自己，才会把屈指可数的成就往外露。"优秀"是公认里恒量一人品行成绩的标准。母亲也是，她总说我对自己不够狠。或许是吧，可我有好多借口。女孩往嘴里倒饼干屑，不小心划破上颚，疼得龇牙咧嘴。也许我确实有本事，我能编造别人听不懂的话，云里雾里看似高级，他们还有一个好听的名字叫"文采"。除此以外，这些以外，次次年段倒数已经不为所动。

不是的，不是的！女孩猛捶柜板，镜子中的她面颊灰暗。门窗紧闭，母亲与弟弟出去逛街，父亲出去工作。楼里终于只有她一人。她在黑暗里放肆叫喊。水珠飞溅，在镜面上留下花痕。不在乎了，不想在乎。刚修剪过的手指甲掐于大腿最为生疼。看不见，看不见。女孩拥抱黑暗。黑暗里又有什么不合理呢？她再也不害怕蜘蛛。

再·次步入光明有些不适，眼眶里未蒸发的水沫作了暧昧的屏障。她在提笔前认认真真洗过一遍手，然后坐下看一眼时间。

还在喧闹，她拿起笔端正身姿。

此刻心无杂念。

心烦意乱之时，
请让我做些安静的事情

　　闭上嘴巴捂上耳朵，我知道我没有办法阻止事情的发生。所以请让我做些安静的事情。至少让我明白，心烦意乱的理由。因为我现在困顿不已。

　　先让那些冷漠的脸离开。每个人各行其是，井然有序。生活如此精彩纷呈，此时的我却该掉下泪来。倾诉无用，所有对象已经厌烦了我。我想消失，消失，去哪里都好。不渴望赞赏，不希望努力，闭上嘴巴捂上耳朵，只有我一个人就好。最终的最终，皆是萍水相逢。何必因此极尽喜怒哀乐，却无法分担自我沉积的愁绪与悲观。窗外下雨，阳光依旧灿烂。

　　再让那些虚伪的笑面落入尘埃。本就不是因我而来。我的，我的。再度落入无谓的伤感，明明不该如此。恨这伤怀悲秋之气，为何喜乐常常短驻。我并无恶意，所有人都用行动在告诉我，你长大了，该独自面对与调节这些时常会左右你的无聊情绪，否则以后又有谁能帮你？以后，以后。终是孑然一身。那就让我此刻消失，消失。什么都不必想，不必谈，不做他人眼中的小丑，自导自演无从谢幕，却不该谄媚奉承人生的剧本，明明就不是，不是。我不想再看你们喜怒，谁与我有真正牵连。尽情哗然吧，表演吧，我只想离去。寻找栖身之地。没有人烟，或一两人即可。简单又愉快。

偶尔去旅行。时间最好在清晨或半夜。适合思考，养育一个好心情。劝打烊的店主为我留一张藤椅，一杯茶水，一盏烛灯。不劳烦他人多交电费。写作看书直至天明。

一只耳机

一副耳机，习惯只戴一个。另一个呢，通常搭在右边，左耳留给世界。必要的风声雨声，风卷树叶将其团团围住的嬉笑，以及总不能让人觉得你是一个很失礼的小姑娘。阿姨好，叔叔好，你们好。人们把这叫作礼仪，且要求笑容灿烂，露齿为佳。短短几秒的会见，却常要令另一端世界重新来过。不值。同一段旋律播放多次，也因事件的发生叠加与初不同。最终的结果通常是耳机依旧半晃半搭，却早因疲倦而缄口消声。暮云经营过傍晚便毫不犹豫地卸去粉红的眼妆，朴素沉静中渐没的蓝倒是另一类江南女子的温柔。只可惜从未踏过青石板。

嘀嗒。匆匆的人们整齐划一舞起斑斓的伞，遂帖定格，如彩蚁行路。我在高台上往下望着，蜿蜒的道路，雨丝闪闪发光。这普通不过的风景，嘀嗒。也融化其中，悄然无息，耳畔奔腾着江河湿润的叹语。自古文人多少赞雨，乐雨，因雨而奉出自己的情思，为其而哀或与其他。雨声小了，我加快速度，步伐迈得更大。上楼梯的时候我想起几只毛绒娃娃。曾经的日子里同它们抵足而眠。夏日彻夜的空调房，冬季满床的大棉被，可以玩闹至凌晨。月光洋洋洒洒斜倚人家屋檐，最多还是大小各异的熊公仔，或以被褥为椅，为峻山，为丘陵，下有一层江河，水质膨软。不断地碎语，岸头有一颗西瓜大的山楂甜得惊人，苹果大的那颗缺了一个小角，现在它飘起来啦，变成酱红色的云。尝一点，化去薄亮亮的甘晶，雨又哗哗地下起来。羡慕它们的体温始终如一，不像我们随季节而常感波动；他们适时地来与走，暖或凉皆不在乎。毕竟多半时候也是因为暖或冷想起它们。然后揭开被角将它们收入静止的夜色，留一只于怀中驻守，同午夜无归的灵识做伴。

他们还在奔跑，自行车的铁链咬合着摩托唯一干燥的引擎。无人不眉头紧锁：妈妈说不能带我去公园和小朋友玩啦……阳台衣服那样多还没收呢……书绝对湿透了呀……我刚做的发型，天呐！老人敲着腰背腿骨，低头一言不发。没有人对啜泣不止的娃娃有办法，但总有办法让自己看起来甚至比娃娃还要难过，显得善良且富有同情心，抓紧虚无的情感不放。这里的世界从来不缺悲伤，就像从来不缺快乐一样。多一点点又少一些，简单的道理。

所以并不认同万物守衡，即使相对，亦总存在失重。我想全人类都没真正认同过这件事，因此他们通常所采取的举措叫"追求"公平。事物天生是砝码，人是不断缩小的秤。丈量舍得，输赢，优劣，情感上的失重感永远存在。谁又知道哪样占比多一些？不想知道。但从实而言，这是调剂生活很重要的几味药。略微偏离一毫米的世界，感受到的是不相同的声流/波，有虫噪渐寂，有叶归故里。地面作浪，风疾若火，温氲而焦。然后，就快要是秋天。我揪着母亲的背影，为什么对这个世界的变化波澜不惊。她会感叹花很美，天很蓝。六点半的路灯下我迈着我的影子，清晰的拓印在母亲手提着空荡荡的食罐中，我未曾回头告别的目光里。

鼓点渐消，默念秒数，猜想下一首是 Leonard Cohen 的《Anthem》。好容易的事，却有一类获得共鸣的喜悦。等待耳郭沉负减轻，是没戴耳机的一边。其实我也没有那么喜欢一只耳机的世界。如你们所知的——时而热闹，时而安静——我是指在现实里。电流叩出的音符在大脑皮层流窜，总是要为此愉快地表达抒发些什么。在人流稀少的大路上昂首阔步。这种难得的时候。

左右相接，重心提高二分之一。没有区别。一半不发声。

雨？怎么还记得它呀。

梓栗·荒驭

　　我不常做梦，最近一次的梦境应当在三个星期前，所做的梦竟然是三个月前梦境的续集。两段时间相隔太远，也不清楚为何有这样奇特的关联，只不过变了一个结局。可是想寻找答案的时候，又永远是闭上眼睛前一片浑顿的思想，睁开眼就到了第二天早晨，偶尔会是当天近黄昏的时分，没有鸟鸣，只有麻雀偶尔掠过屋顶。它们已经许久没有光临，尽管每次出门我都会小心翼翼躲避着电线杆。按亮壁灯抱紧被角，倚在床板发呆，一句话也想不出来。说出，总含着无病呻吟的生活盐味，不过一秒转成苦干的水。于是我又在变形的被褥中闭上了眼。然后醒来。

2019 年 7 月 9 日　荒驭

　　等红绿灯的时候奶奶的手扶着腰，过马路的时候她抓住了我低垂于身侧的手，十指紧扣。我才发现我已高过她将近一个头。但奶奶的力气大得始终如一，大概是前半生交给了田地的缘故。稍稍低头，那股萦绕我童年的气味依旧。夏夜燥热，夏风温润，时不时擦到的小臂因沾着汗水而一片冰凉。随便说点什么，从家出发拐过一个十字路口，踩碎新鲜的落叶与野果，道上的孩童骑着自行车飞驰。在公园外围放慢脚步，借一曲广场舞的喧嚣，我们一起揉入这难得简朴的月色。

2019 年 7 月 16 日　梓栗

这一日终将无所事事。下午降一场十分钟的暴雨，铁皮货车噔铛噔铛。随手抛下的塑料手套像削平的珊瑚，游来游去是无意沾上的泡芙，被水濡湿的肉松。补习的数学题还未写完，但也不大想动；空白的计划表字迹飞扬，不见一个对钩。总有许多事情未做，总有许多故事未谈，不谈。右眼皮在疯狂跳动，才发现是一段拗口的 RAP。

2019 年 7 月 16 日　荒驭

阳光会一直这样好吗？牙齿缝间还有几颗核桃沙没有磨完？薄薄的皮粘住了三颗，四只牙尖。嘶嘶啦啦地在私语。

木地板是温的，竹席上升一些温度，膝盖是凉的，太阳烫得吓人，白钢笔跌落的时候惊散了墨水。抱歉，抱歉。金鱼吐着泡泡，许久才游一圈。不得不花更大力气将它们拨弄到视线里。明明灭灭。

因为偷懒，所以没有午睡，但记得午后酸奶的杯盖，竖起的绒毛长在杯沿，是街角猫咪的发旋。它低头嗅着墙缝里不存在的玫瑰，暮灯下的瞳孔依旧光洁耀眼。店主打开一罐沙丁鱼，粉红色是番茄起司，放在门口后又匆匆转身打理账单。只来了一个女孩，夏天通常不会有什么顾客。栗子色的长发卷，白糖味的发卡。阿果终于睁开眼，又打上一个哈欠。粉蓝色的面团在咖啡色的货架之间，在芝士味的奶油旁流连。装面包的袋子里跳出了雪。她们当然兴奋，却不得不承认蛋挞是烤煳了那么一点。掏干净里馅，外壳依旧完美。就着箔衣花一样地酥烂，成为猫咪过夜的晚餐。

2019 年 8 月 16 日　《正式以外》·黎微（少年片段）

九月即将步入下旬，大概已经是早秋了。也懒得翻字典查，毕竟，至少在当下来说不是那样必要。只是觉得风冷下来了，稀稀拉拉的暖气刚从身体的某个缝隙探头，就被吓缩回去，甚至蒙上被子。没有管它，看见一个同我一样迎大风吹的人。似乎很享受，于是我转开了目光，半倾仰身子。风比水温柔，至少不会害得我连连咳嗽。差一点就要拥抱他们了，轰鸣声。夜很黑，道路亮得没有行人，蓝色的 LED 灯环离得很远，烟花也很远。不论我们之间。他们之中，还是三三两两交往闲谈嘛。

2019 年 9 月 17 日　荒驭

黑　猫

我以为，它活不成。

看着发黑糜烂的躯体，如是想。

残根碎混沙砾，叶肉口大张，宽阔而黏腻之长舌卷携着扑满土结的外衣体。白瓷花盆肢裂，层层叠叠似开败之荼蘼。其上蓝墙，灰痕九道长短不一，娇小醒目。这分明是被那不分青红皂白的物事嚼分而成。

心头汗涔，犹蚁噬。百般捉挠，无果。

粗草收拾，往日可爱今日只剩奄奄一息在废铁上的破铜，留不得。原本可以不管的，但貌似总该回报三年陪伴之恩，故爷粗手侍弄幼叶之景挥洒不去。糅杂众因，不忍让它在败腐中终了最后一气。给其归宿，埋在了能天天瞧见的面对宿舍门的小坡上。

铺平最后一捧土，用水稍稍洗净手。现在是冬天刚入十一月的某日正午，天无杂质，和海相映成境，夹挤冷风吹来，带点干燥而裹着盐的湿意。昨半夜下了场雨，新翻土膏微润，恰适合印点图章。譬如说，梅。

梅？心绪猛被拉回，方发觉腿边一阵搔痒。两具骨头相硌，微不可察的温度和心跳便缘此蹿上心尖，酥酥麻麻。很熟悉这种触感，条件反射从口袋里掏出两根香肠正要低头喂养，顺便抚摸那美丽的曲线，体验肌肤与皮毛的拥抱或亲吻，擦出人们所贪恋的爱之火花，哪怕是隔着物种的距离。我也曾奢望，守着这堵无法跨越的高墙和那头的它们过完一生，真真岁月静好，无人侵扰。

可是，可是。

膝下，那双暗琥珀色的眼眸流转着饥饿且贪婪的光芒，银白色胡须生生将无影凌厉的空气劈开罅隙，黑色的尾巴已立向顶端，那是一把即将破鞘而出的匕首。我所见的，是白森獠牙与利爪，皆扎满半透明稠液与腥气，缝间嵌装褴褛植衣，是被剖滑开，那早日发黑糜烂的惨体。

确实的，一棵小小植株在人类生命大年轮里不足挂齿，死就像污浊的空气，换了就是，生活仍在行进，前途还光明。该如此，或者本就该如此，我也以为会如此。所以当我面对那张平时怜惜不已的猫相，肚内呼地一阵翻江倒海和猝不及防的心动后，才发现没这么简单。于是我落荒而逃，像个逃兵，遗下两根四块九毛的火腿肠，和那得了胜的山大王。

当晚我就做了梦。三四分钟的无厘空白湿了一件新换的保暖衣，裹着被子坐在床上呼哧缓气。

梦里是寻常白日，我搭椅坐在阳台上，目光所及处是望倦的防盗栏和望不疲的多肉盆栽。绿掌红爪，表附白毛似羽，托着阳光，健康可人。脚边黑猫眯眼打着呼噜。手里的书看乏，便安适地阖上眼，那刺目渐渐褪去，换上荫翳，却愈发郁沉。待我再睁眼，那些美好之物倏忽间全沦为脚下黑猫之果腹。我仰望它，那双暗琥珀色的瞳孔亦凝视我。一坨墨绿从它圆下颚直直坠落，击至身上。黏稠中，听见骨头模糊地响。也不知何时，我成了一根一米五身量的烤肠，看自己，直至无息。黑猫开口说了人话："多肉是前菜，你才是正餐。"

那日后，高墙围了带刺篱笆。

黑猫不怕生人，多半原因是其认吃不认人，对食物敏感机灵得很。它有固定蹲点：早晨在食堂门口，中午在超市门口，晚上在宿舍四周。如同揽客者，在店门口摆好姿态，佯装无意舔舔爪牙，可怜兮兮给你抛来媚眼，等你注意它时又恍若无事甩甩尾巴，伪装不经意走过，像是享受大好时光的贵小姐，留下一个假意羞赧踌躇之背影。那瞬间，它仿若是丁香姑娘了。再多瞅两眼，你就该蹲下身，乖乖钻入它的圈套。尽管在同类看来，你与它是在玩耍，你是那个高尚的施舍者。"肥波，肥波。"你这样唤它，它就向你走来了。其实这完全是场面话，而且多余。它理你，难道是因为那薄浅的名号吗？它理你，不过是因为又一个供奉者上门罢了，它需要给点面子，好叫你不要太难堪。尽管这个称呼用来概括其半年来蹭吃蹭喝的体相出奇准确。那摇摇欲滴的肚子向你挪近，它却仍端着那副天子相，猛地拽下你手中吃食，又缓缓置地，慢条斯理扯开包装，食尽擦净嘴，寻找下一家。行云流水，毫不拖沓。

这段话之原本，实想写篇滑稽剧，后因植株之事，倒成茶余饭后之消遣，颠来倒去玩味，享受昙花一现之喜乐。

无味之喜，无心之愉。

如此这般，直到四个月后我真萌生"讨伐者"特有的身居高位的快感而想再进一步时——猫不见了。

在雨夜凭空炸开。

他们说，黑猫大限已到，石阶应天收魂。

我也说，善恶终有报，天道好轮回。

指尖轻轻搓弄桌前绿植，台灯昏然，像极那个十一月份正午的阳光。

友将惶惶奔走的我拦下，交给我几片肉叶，说这些插土里还能长，别太难过，猫再怎么聪明也是猫，不过对一植物死命闹的她还是第一次见。是啊，昨夜我起夜看见的，差点撞上宿管……

故事掐在这里。好了，我或许还能继续无厘下去，为纸虎作伥，毕竟整个故事的因果已经圆满。我可以告诉感兴趣的人，在猫这个角色上扣一个又一个跌宕起伏的剧情，换来几双一知半解却溢满情绪的眼睛。但没法。对于听故事的人和说故事的人来说，如幻情景里加点意外真相，才足够称以精彩。

"你就是那个花盆被肥波撞倒的小姑娘……是的，我有照顾过它……那猫也不是有意……啃了几下……不过它好像是要把多肉扶起来，可是没成功……那夜下太大雨，看不清……猫自那以后走路都一跛一跛，大概是受伤，来我这领食时发现的……眼睛老了不好使，况且还是个天生半瞎子……流浪孩子可怜……肥波机灵是机灵，但对人没防备心，否则也不会那么容易就被榔头索了命……得了吧，摔死，这种死法到轮谁也不会轮到猫……你们这些孩子净传瞎话！"

再后续我就记不大清了，当时之我似乎也只有能力听到此，也不知道怎么和宿管告的别。回宿舍关门开灯，四个月以来那种似有若无的情绪头一回让我探到虚实。是一团闷挤在喉口的空气，呛得难受，又说不出话来。

灯昏然，人意阑珊。

朦胧间又见开头。

一个小孩坐在爬满熊童子的高墙上，箍着枷锁的双腿叮啷响。她拢圆双手对远方喊话，头套着纸箱。

我以为它活不成。它活成了。

我认为它活不成。它该活成。

它真没活成。

月光不作声。

一个和她一模一样的小孩蹲在碎砖堆上，周围栽着熊童子，多了一只黑色的小奶猫，惬意地打呼噜。纸箱渐渐透明，空间投下一束光。一束接一束。阳光。小孩泛着笑。

它到底是活成了。

夏夜十点钟

　　书桌上习惯散漫，一摊摊花斑，亮得晃眼，指甲与橡皮屑滚成一团，断的笔芯零散，在粉白的瓷砖上留下痕迹，终看不下去，便着手整理。这本，是这；那本；是那；这本，不知是什么，随便吧。"哐哐"一阵，家伙们总算皆归了位。拧来湿抹布，在桌上一抹，打上灯。顺手从书架上取下一本书，沉但讨喜，与夜契合。夏夜空调房里，音响微鼓动肚子，音符文字结串，在四四方方的空间跳跃，窗外后巷许多人家还未歇息，男人女人吵吵嚷嚷，小孩幼稚童音一问一答，多是些过家家的话。散步归家的老头听着戏曲，无家野猫静匿角落窥视，发出低低绵语。

　　又暗沉几分。作者似乎也行走在这样的夜里，只是没有那么多生机活力。那句话这样说道：他拉的不是二胡，割的是眼泪，哭的是土地。原话记不大清，是陈应松先生的《还魂记》。我并非很懂，又有朦胧一丝愁绪和恍惚景象：一片郁郁天空，杂草丛生的瞎子村，味道苦腥的羊眼酒。这是尝不到滋味而生臆想之影像。心是没来由战栗，竟头昏脑涨，忙阖上书不读。于是安静下来，只有齿轮"咯咯"笑着，它们像马一样疯跑，力用不完，却也循规蹈矩。分针过半圆，半周。

　　房门外传来开门声，女人的高跟鞋声与小孩奔跑叩地声最熟悉不过，神经被兴奋挑起，唾液染上舌尖。计量步数，伺于门后安静默念：三、二、一。

室门大开，面条与葱花香气扑鼻而来，浓稠卤汤上盖满豆腐，鸭血，大肠。我挥舞勺筷大快朵颐，喉中暖流温布。母亲在一旁收拾衣物，问些琐碎小事，我含糊应答。等到我一脸满足跷腿在感受电脑中多彩世界时，她收拾碗筷，嘱咐早点休息。很早以前就是如此，没有间断过，也养成习惯，十点三十分生物钟。我突然醒悟过什么来，起身到母亲房里。弟弟在热气中絮絮叨叨，母亲蹲在雾里，抬头对我笑。

嘀嗒嘀嗒。

"老狼老狼几点钟?"

"十点钟。"

"老狼老狼几点钟?"

"十一点钟。"

"老狼老狼……"

"干什么呢?"

"再会啦。"

我望天，嘴角还残留着十点钟的味道。

如果不是意外的话

　　如果不是意外的话，从来没有像今夜这般强烈地意识到实践的重要性。原谅自己说话如此直白，如果不是意外的话。以为最平常的拌嘴，事情从开门那一刻开始。男人的表情不同往常，我明白的，所以直视他的眼睛，像往日一样皱眉做口型，却没被搭理。他只是犹犹豫豫，似乎有一刻，从这个世界抽离。然后开门出去。如果不是意外的话，事情本该如此结束，我也许可以取完水后问明情况，退回房里。男人回来了，我依旧注视着他，因为相信在那里会有简洁明了的答案。的确如此，但不是可以活跃气氛的消息。我跟着女人进厨房，被霹夺而来的钱袋正悬在墙上的吸钩。女人在哭在，打了几通电话。如果不是意外的话，我也不会庆幸房门隔音如此之差，事情的来龙去脉正由女人断断续续，滴在烂成米糊的面线，今天的虾有难看的黑纹。就着义愤之辞，来自男人的母亲、姐姐、姐夫，还有女人，他的妻子。男孩尚小，不明事理，仍无忧地摆弄手残脚断的玩偶。我尝着晚餐浓烈的鲜味，他们的目光总在时不时地瞧我。所以我低头什么也没想，方才男人的背影竟有沮丧。

　　忘记是谁先通电话，只是记得当日的我比如今正在记叙事件的我情绪更为冷静。女人脸上仍有泪痕，我想起几秒钟前在微博上无意中看到的笑话，添油加醋几笔，好像平日的又一个傍晚。然后洗干净碗，整理厨余，娴熟如现在坐在房间里不开灯的女人。

不打扰她，和男人约好时间，将手机揣入口袋。然后装一个 MP3，和女人愉快告别。过红绿灯，阔步于灯光树影下，影影绰绰。耳机里的音量往上拔高三至四度，让世界吵起来。人总爱往热闹的地方挤，这样，即使汗酸味、地沟油的油烟味、垃圾发酵的杂味，都可以是底气。但可能忽略的一点是，热闹并不属于人，仅创造由人。看见男人的时候我将音乐切换成仅有的一首摇滚。只是出来散散步。晚上天气很闷热，大概是要下雨了。

广场舞音乐还是那几首，如此大的公园，路灯却好久没修。每张脸都似幕布，看不明颜色。我们一同端详着，他放开我的手，点燃一支烟。石塑上孩童无忧的笑脸依旧盈盈，我把目光收回，又是男人的眼。他抬起左手，姿态多少有些别扭，轻轻地落在我的后脑勺，也许是像父亲对自己的女儿疼爱那样。失足的飞鸟哆哆嗦嗦找不准方向。想告诉他。男人张了张口，如意料之中的呼吸，电视剧中常上演的。如果不是意外的话，他根本不会让我听见。"你觉得，我是一个好父亲吗？"但愿我不要泣不成声，所以只是应了一句："当然啦。"简单又单薄。他说："回去吧，要下雨了。"

他学女人把自己关在黑暗里。皮椅是我出生前就有的家当，每天夜里难逃顽鼠撕咬的命运。沉闷，气流永远嚣热，谁也不喜欢的地方。他点燃第二支烟，让我想起了女人耸动的肩。这是很差劲的表述与联想，至少不符合文学逻辑，我觉得我不太适合以这样面对面的方式说话。当年十岁出头的小姑娘是个孩子，现在低头不愿对视的四十岁的男人也是孩子。共性让我望而却步。"我可以的，没事。"我撑着伞出门了。记得七年前夏季的傍晚同样烦心，只不过当下互换角色后事情变得棘手。小孩子最好的品质也许就是知错能改，而他在这一点上却固执地保留大人的自以为是与冥顽不灵。

江边有人来。想将伞柄再往下拉，如果不是因为伞骨会咬住我的头发。信息发了两条，回想大约四百字。男人的回答大概四个字，我即刻便将它们打碎塞入数码列里。途中男人的姐妹来了一通电话。回家的路上大雨滂沱，是夏末最烈与最后的一场狂欢。快到家的时候没有接男人来电。简约地向他报了平安。女人在泡茶，男人的母亲沉默不语。

第二日仍是工作日，女人照常上班。昨夜她问我和男人谈话的内容，虽然她也想好好聊聊。如果不是意外的话，我会认为他们已经谈妥。然而地球照转。男人可没有早上洗澡的习惯。又消失了一天，傍晚归来。临睡前他在客厅。于是我去了学校，从此这件事便结束，与我无关。如果不是意外的话。事实上这篇文章写于事发后的一月有余。

我看完了男人的信。发誓绝不是刻意，只是恰好这个夜晚的我不愿自律，征得母亲同意后使用她的手机。她和一位阿姨交谈，大概也是夫妻问题。而她们，只是千千万万夫妻问题中最大众的那几类之一。又只是，恰好女人这回很有勇气，而男人还只是个孩子而已。我开始阅读第二遍，咀嚼着一个月前那个闷燥的夜色，咀嚼七年前为了一点点虚无的荣耀感，一度成为小卖部每日"到访"人员的我。说不来的情感，回头也当然假装什么都没发生。记得男人忏悔信发出的日期是我回校当晚，苦叹那个中午他们所修饰的和谐。也没什么好骄傲的事，即使我不发那两条四百多字的留言，他也绝不可能轻易了结自己。我只是，如果不是意外的话。

了解更多细节来添油加醋而已。

复折原乡

初三正月回村，名曰马三，为革命老区。我爷好几年没回来，必然挂念。

今年和往日不同，车没停家门口。后来才回味，停那也没多大意思。迎接的只有鸡鸭，没有熟人从红瓦屋里头兴冲冲出来。所以先去认辈分为明智之举。不晓得在几公屋檐下乖巧坐正，男女老少把外头的太阳映得更加刺眼。高高矮矮都是陌生面孔，大抵是不相识，孩子就相互打量算是招呼。小朋友爱关系亲近的，大人忙招呼的时候挤在大哥旁侧，给远客空出满满当当的落脚地。倒茶点烟一阵寒暄。我朝被围在孩子中间的大哥微笑，不知道他还记不记得我们小时候一起爬过树，他带我满山跑。我还折下路边的竹条打过一个极其闹腾的熊孩子。他隔着厚厚镜片对我礼貌回笑，我知道他感到陌生，也不好厚着脸皮凑上前。

借故出去走走，母亲应允，嘱咐不要走远。脚步声吓跑一群闲散踱步的鹅。左手边是红土墙，右手边是来路，也是通往家的坦途。臊味浓烈钻进鼻腔，忙捂紧口鼻仓皇逃窜直到旧屋门前，才想起原来那块地是猪圈。

轻车熟路，踮越脚踝高的杂花碎草，到老屋后方。撞上一人高的大洞，可以窥见里头景象，仅吞得下一缕手指宽的阳光。墙上挂钟不走，三角处的蛛丝轻曳。竹篓摇摆歪扭，蹲踞在三步缺两格的木梯下。铁链搭在唯一完好的外木门上松垮歇息，同样好

142

奇的鸡仔被它的母亲拍屁股赶落台阶。我也曾在隔壁人家的窗户攀爬，趁大人午休把作窗栏的木头卸下，逃到山上采摘一衣袋的荔枝或龙眼，狗尾巴草缠在指根充当戒环。吐掉的核大部分被我们埋在母树底好生侍养，几月后回馈野草，龙眼荔枝又没一季。从不担心窃贼，我将手搭在窗沿，蚂蚁来来往往。

在原地站着，稀疏的木板剪碎本就斑驳的蓝天与阳光，破边的红土瓦墙。金黄色刺眼，于是流下泪来。我锁紧景色，只听到不远处有孩童交谈。来的道中顺着某个话题竟提起了爷爷的普通话。很努力却也压不过地瓜音闽南腔的强势，缓缓的调子打着他最欢喜的京剧节拍。奶奶把洗完澡的我放在爷爷怀里。我依偎着，电扇在头顶咕叽叫闹，山里的夏夜凉爽舒适，从大开的门窗涌进，同我们共处一室。戏子柔中掖刚的闽语和绵绵流水传得很远，有棒槌击衣。萤火虫带来山头的清净祥和，在塑料袋中无言而不响，起夜时床帷上就有免费且常住好梦的光。也是第一次体验把尿撒进水缸，两道惊雷如同左右声道配合紧密，轮流在脑两侧炸响。我把爷爷奶奶的手牵在他们各自鼻头上，在那些已成定局的时日。

本想独自凭记忆再往山头走，却遇见爷爷的二弟弟的妻。她唤我一道吃饭，向我介绍爷爷的新家，以为我不记得路在前头引着，我注意到她才到我肩头，漫目银白的雪在晃啊晃。

吃过饭，爸爸举着玩具枪领弟弟嚷去找鸟，我自然跟在后头。弟弟随着父亲，像我当年黏在爷爷后头一样。爷爷总不忘回身给我扣上一顶斗笠以遮阳。我坐在树上，看他给蜜柚松土施肥，看他挑着肥料在楼梯间上下。裤腿勾满草籽，花粉钻进小腿有些发痒。我汗流浃背，目睹没有蝌蚪的青苔，不结柚子已化沙土的枯叶。绿色的蔫息，只有浮躁着的气流才像童年，我贪婪吮吸。山道没有想象中的长，我们跨过山就到公路，我兴许也记不得往哪走了。爷爷没带我来过。在山间扬枪扫荡，我不得不在意随时会流进鞋里理不净的沙。下午两点太阳最狠，汗水自手指滴落。结果当然一无所获，晒一身黏糊糊的红色，狼狈回村。

奶奶给新旧屋都亮了锁，我们在老屋隔壁。父亲把点好的香递予我，举着听奶奶祈告。据说相片里是爷爷的父母亲。我和奶奶留下烧纸钱，她时不时擦拭眼角。我有些无所适从，多拨几下含火的灰烬。那个湿淋淋的早晨火舔过他全身，也还会疼吧。我不知道，我坐在他用心血筹建的新屋里头，坐在他只享得两日的屋里。听闻那两夜他精神大好。

回家了，回家。

且行且歌

　　回家的时候特地带上一双白鞋。白是它的本质，但既然选择将它穿上上路，多半是因为它已经磨开许多边，表面粗糙，布满弹孔一般的黑点。鞋带软趴趴，没有弹性。我坐在车上，百无聊赖蹬着卷边的地毯。尼龙地毯上勾嵌着的都是土灰。我和父亲的座位之间放了一箱油瓶，于是车厢里头汽油味浓重，让人有些头疼。还好在高速路上信号不稳定，没有破碎的在线广播给烦躁加持。耳机里播放英语听力，手中捧《生物》必修二，醒来时却已过隧道，车子进了村。

　　下车。今年起得稍晚，我们一行最晚到。爷爷的几位兄弟的孩子我总会弄混。不过好在他们也不认识我，打招呼便轻松，叔叔乱叫一通之后，就自顾自拉着小一岁的弟弟躲到爷爷的新居里。这个弟弟，就暂且叫他张森。上一回来这里是年关。这回奶奶身体不适没有回来，房子也便没人打扫。尽管门窗紧闭，地板还是满布灰尘，瓷砖翘起一大块角，踩上去嘎嘣嘎嘣响。不小心踩歪蟑螂的身子，剩下三四只毛足在空中扑棱。尝试帮它翻过身，但没有成功。一只蜘蛛跃到手臂上，张皇着将它甩开，等冷静时，蟑螂不见踪影。拍干净沙发，书本摊在膝盖上。风出奇大，从门缝鼓进来，凉爽得很。

　　午饭后才上山。去了几处，张森都走在我后面。和从前有些不一样。我才发现张森已经很高了，至少比我高出一个头。山路弯绕坎坷，祭祖的道，总归一年才走一回。春天万物复苏，路上杂草葱茏，许多处土地是松软的，不好落脚。这时候张森就会帮我一把，或撑，或拉，竟没有像几年前一样感觉费了很大力气。上一回来祭祖，确实是好几年前的事情了。也许三年，或四年。大都是因为学校假期冲突，爷爷当时好像还在忙活着建新住所。他们都说爷爷是被这房子累垮的。但是提一句之后，就不说了，坐在空旷的新居客厅中欣赏阳光。

爷爷一定是一个很懂得美的男人。每次回老家，我都要坐在侧对窗户的沙发上。因为可以很清晰看见窗玻璃上的竹林碎花印，磨砂的质感将房子以外的事物变为朦胧。因此房屋内部，电视机的电线有老鼠咬断的裂痕，棕色的塑料桶里结着亮莹莹的网，走几步楼梯后就能看见天窗上啾啾喳喳的鸟雀。我屏住呼吸，它们却四散逃开。玻璃板上还有细细碎碎的脚印，滴滴答答。想必是往山林去。

循着不知道谁的足迹去山里。满山的柚子，我错过它们的花期。虽然父亲告诉我有早晚花之分，但我确确实实循着山风，除了鞭炮炸响以外，闻不到儿时花香，洁白的，纯粹的。一直走到最高处。猛然间告别被草侵占的山道，才发现这里没有树荫，土石酥软。原本栽种龙眼的地方被砖垒砌，大概两米的深坑据说要作蓄水池，各种工具在太阳下七歪八扭。每处山头都是爆竹声。我时常会有奇奇怪怪的想法，于是回头看张森，发现他也在发呆。今天他身上的衣服明显偏小，下摆皱在腰间。手臂平瘦，手腕处挂着一串红绳。红绳在几个月前另有他用，不过现在的主人应当只有面前这个男孩，不会再流到哪个女孩手里。

我们已经扫过两处，现在坐在山坡上。大人们还在下头扫墓，我们采了满满一袋桑葚，看着泛黄而波光粼粼的湖水。手指被染成粉红，吮吸残留指尖的汁液，鲁迅先生少时采桑葚做酒的画面在脑海跃动。但出自哪一篇，或许根本就是张冠李戴，我也不清楚了。反正现在我们拥有沉甸甸一袋桑葚，张森同我分享他们前几周学校组织出门游玩，在外住三天两夜的趣闻。索性拔掉耳机，把声音外放调到最大，是《海阔天空》。音乐在山与山之间回荡，应情应景。

山上有什么呢？这一路过来心无波澜，只是往前赶往前赶，上坡下坡，任凭风夹杂红色炮硝，五颜六色的礼花漂浮在塑料杯里。墓碑未刻名，只是知道葱茏青草下为自己的祖先。偶尔回来看看，也许还能忆起前些年，像这样子在山间游荡，漫无目的，弄脏手掌与裤子都无所谓。这是今日与今年之前所发生的。我与张森沉沉睡去，一路上依旧颠簸不止。

你是我的光响

几重山，几条道，万树万村驰奔。纯净天空开始有云朵，前方已现绿意，有嫣红之色。灰银车碾过乡道，尘叶起溅，隐约是鸡群不满。

远远有人来迎，眯着眼，肤容是标准农村样，白背心蓝布衣，膝弯有条长线，脚上是年轻时参军获得的布鞋，缝补好几回，褪了色。

"爸！"

"哎，来啦。"

来人摸摸我的小辫，帮父亲把东西扛到屋里。母亲牵着我手，我低头碎步走，几只胆大鸡崽缠我脚踝。

这片区一共就几户人家，七大姑八大婶各路叔伯公。我们进最靠右一家。屋里不大光亮，唯一暖和亮堂的地儿也被盖去大半。爷爷搬来几把椅子让我们先坐，他上楼换件衬里衫。于是，木板就"梆梆"响，沉重有力。

我总爱在某个环境中打量东西，不论新旧。窝在母亲怀里，先抬头，是盖满尘灰的老式灯泡，线栓梁上，还有几顶斗笠，几个篮子，一件蓑衣；偏些，是储物柜，一篮筐盛白瓷碗，几瓶牛奶，其余被碎布挡住无法看见；然后，旧挂历，旧海报，旧时钟，没有了。再低头，赭红砖田字排开，灶底堆柴火，上架大锅，锅沿沾水。奶奶从山腰收几棵青菜，两条山药，一条茄子。屋里飘出香油味儿。我不禁吞口唾沫，偷偷移到门口瞅大灶。十二点钟方向时分针重叠。

我们围在架起的圆桌边吃饭，大人商议三点半上山。他们午休，我就骑铁门，握杆子一晃晃等待。

出门时，爷爷给我戴斗笠，牵我绕到屋后头往山上走。我回头望：屋在路下，山在路上。

这是我第一次上山，依山而建的石梯也不大稳妥。爷爷就紧拉我的手。没走几步，就看见一排排柚子树。也是第一次见。宽厚叶子掩映硕大黄柚，黄柚味道有点苦涩，又有些清甜。每条枝上都挂三两只，对这"小矮墩子"也是有些为难。一棵柚子树最高也不过一米八。

"今年天公作美，柚子熟得快。"他们如是说，然而我觉得并没有多大差别，反正都是十月后的事。爷爷到"小柚林"里走一遭，出来时左右手都是柚。"三红的哟！上山顶吃！"

我们三拽两拉上山顶。山顶很开阔，靠村子那头是荔枝龙眼树，都是累累果实，殷红，澄黄，墨绿。过山头是大道，可以望见下街市集。我们都被天裹在怀里，有多大力也扯不开云朵，索性躺下歇息。大人们都放下箩筐，拿起长剪刀，在下坎将最顶上、最红、最甜的荔枝剪下，也把最大、最甜的龙眼剪下，哗啦哗啦，满两筐。突然想起前不久学的课文《桂花雨》。摇撼树，就有一地桂花。我也效仿。可不如我愿呢，撼不动。我抱着比我手臂大半周的树干叹气。爸爸和大伯都上树摘果子，看他们的麻溜劲，我也心痒。爷爷把我抱到最低的树杈上，让我扶枝，一点点摸索。左，右，上，左，右。我巍巍探出手，摘到第一颗果实，得意地直往人前晃；又似泼猴，上蹿下跑，累了就坐在树上吃父亲递下的龙眼，或爷爷递上的柚子。看稀疏青草地，望天空白云远山，直至日暮降临，乡里升起炊烟。

"走咧！收工！"爷爷在下头接我，一边吆喝。一行人，浩浩荡荡下山，背上沉甸甸，脸上满是喜悦。

　　回家。

　　爷爷在屋前招手。

　　脚边，有一麻袋龙眼，一麻袋荔枝，两麻袋蜜柚，一筐鸡蛋。

作坊百味

一

记忆里有家作坊，红砖墙蓝色掉漆门，倒贴的福字已卷起毛边。

门背后的景致和它外形看起来一样古旧，两把老竹凳倚在墙边，墙上贴各式海报日历，许多色彩被岁月冲刷而显模糊。两把木靠椅分立石桌两侧，石桌也因满满茶渍而辨不清真颜。石桌正对面是用几层红砖砌起的半圆形小屋，围着一个五十厘米高的储物柜，柜上是煮饭煲汤的用具，这是屋里最新最平常的生活角。几年前购置的机床添放在石桌右头，不使用时拿来摆放杂物。客户的棉被成品都排列在里墙的两大行架子上。清一色白花花，最前头系红头绳，别着出生年月日与家人信息，个个皆是够斤够量的胖娃娃。

一楼主要用来待客，二楼便是工作室，之间用两段楼梯相连：一段短矮笨拙，一段高挑轻巧。工作室并非是有人气的地方，木地板上留下的多是两人繁忙的足迹，方形木榻上沾着未清理净的棉花。木门后竖立几十条细竹竿，长短不一，是用来塑形捋匀或卷棉花的，有时会被我用作“武器”。方榻十二点钟方向的“老家伙”可不得了，算年岁我还应称它声“爷爷”。但它老当益壮，能力无可挑剔：无力时，只需让它稍酌几杯“小酒”，精气神儿一下子就提起来，"呼哧呼哧"干得卖力，原本松散的棉花瞬间就厚实紧凑。工作间外是个小阳台，水泥抹面，周围一圈不锈钢栏杆，由那扇木门与里间相连，老木门上深深浅浅几道痕。阳台边有片红瓦屋顶，瓦隙间夹杂几棵脆嫩青草，运气好时能在垂暮时分遇见几只驻留的麻雀。我总爱在阳台上张望，望归家之人和来往车辆，望人在小庙前祈福烧香，望鳞鳞楼房后绵绵群山与白绸。直到红檐下灯泡亮起，才迎着浓浓饭香告别这悠适别乡。

二

我的家在二路尾，作坊在二路头的更头的小巷拐角。

小时候，每天时光都是在这儿度过。

早上母亲早早出门，父亲下楼开店。外婆就骑着稳稳当当的自行车，把摇摇晃晃的我载到工厂。我常在桥中醒来，刚好有豆花、馒头香。豆花是浇姜汤，馒头是烤馒头，一头橙黄焦皮，撒满白芝麻。我最喜欢这种甜腻腻暖和和的东西，所以篮子里天天有。我常是先吃一部分，然后在作坊睡到日上三竿，再继续吃。不知道哪来的胃口，一大碗豆花、六个烤馒头，总能舔精光。老一辈人对孙子孙女总是不善言辞，但依旧有他们表达爱的方法。外公外婆总是一边工作，一边看我狼吞虎咽的模样。外公也总是露着几颗代表性的金牙齿说："小羊啊，慢点吃。"带有浓浓闽南味。我就含一口馒头对他笑。等撑满肚子，他们就任我要去。反正也跑不远。

我最常去两个地方，都很近。一个是隔壁巷太婆家。太婆家背阳，日里靠对面稀稀拉拉的居民楼渗过阳光。这样的阳光也照不远，只有半截巷道和门阶最暖最亮。每回我都坐在石阶上，摆弄残缺不全的机器恐龙，等待它的主人起床。太婆呢，在水池边洗菜淘米，哼唱闽南歌谣。不知名，也不知调调："人生海海，甘需要拢了解，有时仔清醒，有时青菜，有人讲好，一定有人讲歹，若麦想吓多，咱生活卡自在［大意是：人生那么长无须复杂，有些事情该随便随便（青菜），这样生活才自在］……"

大概十点钟，屋里终于有动静，我随太婆进屋。太婆在里屋倒腾，隐隐约约还可听见她小孙子嘟嘟囔囔。太婆到灶台热粥，她小孙子就和我闹。这家伙是个平头小墩子，好打爱闹不喜静。这里的人叫他"阿彬"。等阿彬吃完饭，我们就揣上几毛钱到街口阿霜阿姨的杂货铺。杂货铺不大，零食玩具摆外面，里面是饮料冰激凌。货物在店铺中央垒得老高老宽，每一边只有一人通道。和阿姨打完招呼，我们就挤在玩具摊，看看新来了什么玩意儿。玩具摊用两块长木板接成，盖块碎布，放在外头，玩具就挤挤挨挨摆在上面。当时我们最喜欢塑料恐龙和小陀螺，一个五毛钱。得手之后又买几个字母果冻，回到巷口边玩边啃。约莫到中午，才被各自长辈唤回家。

吃完中饭是午睡时间。外公出去溜达，外婆在地上铺凉席，支起睡椅，我在凉席上睡。店门时常开着，阳光很暖，睡得也安逸，没有波澜。前些日子和母亲一起回忆在那里的时光，才知道后来小弟像我在那睡时，店门关得严严实实的原因。

某天中午，老人正想为平常在脚边熟睡的小家伙盖盖被子，发现小家伙竟不在。望望街口阿霜家，不在；时间还不到两点，也不可能在太婆家。老人顿时整个人清醒十分，急急忙忙给老伴和女儿打电话，大家吓出一身冷汗。风风火火走街串巷找了一轮又一轮，问人也说没瞧见，老人急得大哭。后来才发现，小家伙在左巷大胡子家睡得正香，老人一颗吊了许久的心才放下，坐在椅上喘气，老伴骂骂咧咧也是听不见了。

三

"外公外婆！"

"欸，来啦来啦。坐那。等等啊，外婆把这把赢完请客……嗳，老蒋，别动我牌！"

每天晚上六到八点钟，巷里的老辈们习惯在作坊里泡一壶茶，聚众消遣。扑克变着花样耍，嗓音一个比一个洪亮厚实。外公俨然一只被激怒的公牛哞哞叫嚣，鼻喷热气，要把对手生煎活剥似的。突然有点后悔没选对时间造访，我搬把凳子和太婆在门口看左巷木偶戏，听咿咿呀呀的唱腔，太婆牵着我的手，她小孙子今天不在，搬去新家和爹妈住。

总算等到他们尽兴，喝完最后一口茶拍拍屁股各回各家。外婆从黑市街叫来一碗煮面，还是小时候那样，猪血咸菜肉圆，却没味道，太油腻。想来口味又重了吧。

吸溜着面条，听锣鼓喧嚣萦留巷口。

顶上灯，还亮着。黄色的。很暖。

我怀念的自由

又是老屋。

老屋门前有个旧庭院，很大。

老屋后头是个老菜园，很广。

旧瓜藤，旧豆藤，火龙果搭满红土墙，白菜番薯冬瓜野了一地。菜地右侧有大树水塘，落叶遍地。这是我四分之一的童年。

那时候姑姑住在老屋，奶奶照顾姐姐，有时放学我也被带到老屋去。大概三四年级，八九岁年纪。邻舍是三姐弟，大姐上初中，二姐上小学，小弟和我同岁。姐姐还没回来的时候我就和他们一起玩。爬卡车，堆沙堡，用尖石子在地上刻画，用矿泉水瓶作水枪"打仗"，抑或捉蝌蚪，"偷"茉莉。

夏天将至，我便领他们到菜园池塘边耍。这里总有许多黑头家伙，我们挽起裤腿，扎起裙子下水捉。水不深，在我膝盖以下。随便掬起一捧，就是好几只，没腿的有腿的都有。我们把它们装在玻璃瓶里养着玩。有一回玩得正烈，忽地听见弟弟那传来一声尖叫，随即便是水花溅起之声。我们急忙凑前将他拉起，以为碰上什么不得了的大怪物。结果呢？嘿，不过是只拳头大小的癞头蛤蟆，正蹲在出水口鼓眼瞪他，小眼珠滴溜溜转，仰着头，像将军般神气。我们笑他胆儿小，被小家伙吓个后马趴。残阳轻霞下，男孩染上一层红色，捂着湿漉漉的裤子奔回家，不甘心地叫嚷："谁怕那丑东西！我是脚打滑！"于是之后好几周，弟弟与蛤蟆就成话题中心，那张黝黑的脸长久没褪去那日颜色。

三姐弟家对门有几树茉莉，香气清幽，开出墙头来，惹得小孩眼馋。忘了是谁起意，某个午后我们就驻在那堵墙前。趁主人午睡，几个"小贼"谋略片刻便出动。墙不高且有镂空花饰，他们轻易就过去。嫌我动静太大笨手笨脚，怕招来那只大黑狗，便让我放哨。许久他们才又翻墙出来，每人都兜两口袋，捎带几个橘子。他们分给我几朵茉莉，让我晒干泡茶喝。但天公不作美，突来大风，几朵半干茉莉便不见踪迹。

就这样过了四年。我们倚在墙底吃清甜的火龙果，掰得两手指甲紫红，从树上摘下澄黄的阳桃。我们在路边，在院里，在水中。庭院桂花落，茉莉落，姑姑离开了，我也走了，房子给了别人。三姐弟也不见了，我忘却了他们的姓氏与音容笑貌。菜园上锁，再未开过，池塘再无蛙声。

又一季，落叶遍地。

我的父亲

他是第一个抱我的男人，他是第一个听见我哭、看见我笑的男人，他是第一个叫我"宝贝"的男人，他是一个我相信他的承诺都会兑现的男人，他是敢和我说会一直陪在我身边的男人，他是不管我错对美丑都觉得我是最好最优秀的男人。

——题记

我的父亲是一个普通人，没有显赫家世，没有城府，为人老实。他在小城镇里白手起家开了间广告店，拼死拼活干了十六年，今年三十八岁。

记忆里父亲总是怀有阳光向上的心态，也有孩子似的好奇心。他似乎天生就是个幽默家，圆滚滚的肚子里装着几大箩筐的笑话，生活的每一天都充斥着欢声笑语。他有一双滚圆的眼睛，对视时总会莫名传递一股无辜的气息。他并没有一米八几的身高，但一张脸还算凑合，胡子拉碴，眼镜架在鼻子上。他常穿宽大的衣服和宽松的牛仔沙滩裤，裤子两边的口袋总是鼓鼓囊囊，仿佛下一秒就要炸裂一般。口袋虽不大，对于他来说可算是哆啦 A 梦的百宝箱，闲得无聊时口袋里一搜，嘿！"七匹狼"（烟的牌子）；再一搜，嘿！打火机，然后就逍遥快活去了。

于是你们也知道了，我爸是个名副其实的"烟鬼"。一般情况下，他的"烟行"表是这样的：每天饭后一两根，怡情；工作期间不计，因为我实在数不过来（也没数）；上厕所也会抽上一根（好几次导致我差点"窒息"），总之，一天一包烟是基本。长年累月下来，我在他嘴中已经找不到一个干净的牙了，个个不是面色蜡黄，就是面如死灰。家里人都劝他少抽点，他也尝试戒过几回，有时候用喝茶代替，但到最后还是没有成功，或许是"久病难医"，考虑到他已改成抽烟只抽半根，就任由他去了。但是好巧不巧的，他又开始"嗜茶如命"了。他的电脑桌前总能在不同的时间里看到同样满满的一大杯茶，色浓味苦，劝他喝淡点，他老人家却说这样才有味。于是每天他归来的时候，他的衣服上总会遗留悠悠茶香和淡淡烟味，几年来都是如此。

对于我来说，父亲在生活中是一个重要的角色。虽在芸芸众生中他并不算出色，但作为父亲他确实十分称职。用我妈的话来说，就是"经济适用男"。他善于掩饰自己的情绪，在被工作烦扰得焦头烂额的时候，仍能给家里带来一分不少的欢乐，每天在家里都是一副吊儿郎当嬉皮笑脸的大男孩模样，因此在我记忆中家里总是很和睦。他时常教导我们做人要以孝为本，很多时候他也是以身作则，工作不论多忙都会抽出时间陪奶奶说说话，到外公外婆那聊聊天。对于我们，他虽然管得并不多，但是爱并不会因此而减少一分一毫。在家里，他陪弟弟下跳棋学认字，陪我散步谈心。我们做错事时他会心平气和地和我们谈话，我们的哪怕微不足道的小创造都能使他倍感惊喜。我们有点小伤小病，他表面上似乎什么都忘了，却仍隔三岔五关心过问。若是出差，他也会在空闲时和我们通电话，回来时捎上几件礼物。他从未记得过谁的生日，也从未制造过多大惊喜，他不过是默默地为我们的幸福而奋斗。随着时间的推移，他变得越来越忙碌，似乎永远没有假期一般。客户源源不断，账单堆积成山。人员的稀缺以及巨大的工作量导致他身兼数职，员工不给力他便要亲自上阵，经常忙到凌晨一两点，早晨八点多钟又被接二连三的电话吵醒，匆匆忙忙洗漱吃饭后就蹲守电脑前。一天算下来，空闲的时间可能只有中午饭后的十五分钟。原本早早计划好的暑假南京行也因为这样而泡了汤，我心中自然有小小的不情愿，但我并不怪他。因为我没有理由。

父爱同母爱一样的无私，他不求回报；父爱是一种默默无闻、寓于无形的感情。他从不轻易说"我爱你"，事实上他似乎也从未说过，也不必说，因为生活的点点滴滴足以让这份爱变得明晰可见，也许父爱就是如此木讷而忠实。父亲是平凡的，我也是平凡的，我的父亲就像每个平凡的父亲爱他们平凡的孩子一样爱我。事实上，我的父亲并没有像高山一样坚不可摧，他也有脆弱与无助之时。但是没关系，因为他还有爱他的我与我们。

何七姑姑

汽车奔驰在十二月初的乡间小路上，一路白雾蒙蒙，尘土飞扬，但阳光正好，红穗囊金在车壁上摇晃。

看起来是很喜人的日子。

远远就看见何七蹲在花圈旁，手抚白横幅上未干的墨迹，在阿太的姓氏上一笔一画地描着，嘴里还唠叨着什么。她依旧笑得灿烂，无忧无虑模样，黑黝黝的脸上有红霞。

我是被母亲半拉下车的，缩手在后踢石子儿。我很喜欢阿太这位长辈，这位淳朴乡女。阿太也很喜欢我。小时我和母亲曾一道去过阿太家，还记得阿太家中有几只滚圆的兔子，眼珠纯红，耳朵有二分之一小臂长，粉嫩嫩的。屋内在白日里也不是很光亮，因为屋子背阳，人待久了就会感到不适。但这并不妨碍这群小家伙释放它们与生俱来的活力。一团团白在笼中跳脱，竹笼发出"哒哒"声响。小孩子天生喜爱动物，阿太就从笼中抱出一只体形略小的兔子，轻放到我怀里。"欸，对啦。你一手提它耳朵，一手托屁股……啊，不用怕的，它不会咬你。"阿太躬着原本就挺不直的背，操着浓重乡音细细教我。她说得很慢，为了让我听得清楚些。

有时兔子玩腻，屋里也待得闷，阿太就领我到外头巷里走走，和并不相识的七大姑八大婶问问好，再招呼各种鸡鸭邻居。我对鸡向来抱有畏惧之情，觉得它们的嘴时刻会在我身上戳个窟窿，

160

所以只敢远远看着。阿太从屋里拿出一个棕红塑料盆子，有一个洗衣盆那么大。这是农家最常用的喂鸡物件。盆里装了剩饭，阿太将饲料倒出一部分，用勺子胡搅一通，随着盆扣地声，鸡群从四面八方涌来，霎时，盆外一周就没落脚地儿。阿太穿着深蓝碎花衫，露出黑色衬里衣，布鞋上擦了尘土。她望着争食的鸡儿们，满眼是慈爱。

我也差不多是在那时见到何七。在一座砖头房，六十年代模样，潮暗破旧。门侧是各种鸡鸭鹅篓子，蓝色铁门不及半人高，搭在石阶上晃荡，糙石面磨出一条银灰弧线。阿七蜷在角落，数码影像在巴掌大电视机上灰白变换，浅光映在她脸上，打出一片阴影。她在椅上一颤颤发笑，露出一大排牙齿，手时而拍大腿，扬起尘，木椅吱呀作响。

算辈分，我当喊阿七姑姑，但我一次没喊过，说实话是有些难以启齿。我也不喜欢她，倒不是因为她是个普通乡下姑娘，黝黑的脸上像被网点勒过一般布满麻子，只因她邋里邋遢，没有一点女孩样，身上总有乡野之味。这我最是忍受不得：成天顶一头乱发扯大嗓门踢踏拖鞋在巷间晃悠，逮鸡扑鸭，把弄完双手沾上污秽，便往身上随便拍两下作罢，指缝间永远不见一星红白痕迹，倒不是干活，她手不糙，阿太也舍不得让她干这档事。有人说她这样大了啥事不会干，真是不像话。她却不愠不恼，心想反正有人做，就乐活过了。

听母亲说，何七出生不久她爹娘就不知所终。阿太怜何七，就把她抱回家里养。阿太和丈夫一起养了七年，自己又独自拉扯十三年，前前后后竟二十年。虽条件不富裕，但何七也是被当大小姐供着，每日唯一一道肉菜都是她独享，未干什么粗活，也未被强迫过干什么事。何七二十岁，衣不会洗，饭不会煮，大字不识，更别提算术。她的乐趣也不在这些。

七岁是孩子该上学的年龄，何七也不例外。阿太东找西找将何七勉强塞入学校，邻里知晓了都极力反对阿太的决定，认为没必要浪费钱。阿太一向是个没主见的女人，但在何七的事情上她从未动摇过。然而，世事弄人，没过一周阿七被劝退。问理由，只道不便明说。阿太其实心知肚明，因为对方眼神中闪过一丝无奈和怜悯。牵何七回家路上，阿太没有说话，唯一的动作就是理理何七乱糟糟的头发，何七低头踢着石子，眼眸还是充满生机，闪着流光。她仰头，看着夏暮独有的萤火，像想到什么好玩的事儿，挥手在空中抓两抓，咧开大嘴哈哈笑起来，露出前几日刚缺门牙后留下的空儿。"那群傻蛋嘎子啊，真是活傻子，天天坐在那暗屋头不得动的，一动那老头儿便要抽，胆小鬼，还真没人敢动。老家伙还要我们算什么加加减减，我哪知道这大镇里头有几家人，真是太好笑。傻蛋们还算得起劲，吼吼吼地和门口大黑狗似的。可怜见，哈哈。反正我是听不懂那玩意儿，嗯。麻烦。哎，你知道吗？他们还笑我呢。那老家伙叫我算，我怎么会知道？就报个八十。你说，八十这数多好，他们便要七。老家伙还骂我，说什么……哎呀，然后就有人说我是傻子，你是大傻子。我哪忍得了！这上去就是一拳，必须给！"

何七似乎说到激动处，又猛挥甩手臂，差点将阿太掀个趔趄。这一掀，阿太忽地醒悟过来，猛拽回何七的手腕，双目圆睁，嘴唇直打哆嗦："你，你说什么？"

原本活蹦的何七忽地就像被扼住喉，脸逐渐僵紫。不过片刻她就放声大哭，跌坐地上不再起来，双手拍打地面："你这老太婆竟然吼我！我帮你揍那二墩胖子你还吼我！那是他自找。一个大嘴巴子便宜他，牙没断就不错了！我为的你揍的他！为的你个七老八十的老太婆！你还吼我！"

阿太知不妙，急忙将何七的头搂紧在胸口，手一下下顺着她的背："不怪不怪，七囡最乖乖，阿嬷怎么会怪你？七囡最乖乖，阿嬷心疼你啊。别，快别拍了，看看手都给磨成什么样？七囡不哭不哭了，不哭了啊。阿嬷回去给你糖啊……"夏风吹在路上，树叶沙沙作响。阿太的发丝镶在脸上她不去理会了，何七渐渐停止哭号，安静贴在阿太温热且早已被汗浸透的胸口，听着里头如战鼓擂般动静。待何七眼白恢复正常，脸也不再青紫，祖孙俩才缓缓踱回家。

那一夜，风很干很燥，却也很凉。

阿太挨着何七睡，床底是几只棉棒和酒精。

阿太望着老伴的像直至天明。

那年阿太家少了只最会生蛋的母鸡。

何七自然没上学，同龄人也不敢再当她面说出"疯子傻子"这类话来。

姑姑走上前去，对何七说些什么，而后我们就进砖头屋。那里早有许多人，披麻布、戴白衫、别红花，额上多系条子。一五六十老妇在椅旁张罗，给新来的人配饰。"这是她谁？"她瞧着我，手里还捏一把红带子。"曾孙。""那这红带子拿去系着……还有谁没带啊？"老妇匆匆将带子塞到母亲手中，没再理会我。人群在原本就不大的空间中挤挤挨挨，明明是白昼，却营造出日落西山的假象。我在各种护手霜与烟草混合的气味中拱出，恰好是兔笼子方向。不想里面是比里室更暗的里室。我还想着给它们一家几口也别上红花。

兔子窝旁是卧室，几个祖母和她们的丈夫都在里头，还有一个是何七的父亲。他们嘀嘀咕咕商讨什么，音调忽高忽低。何七父亲穿着军绿色的大衣，蓝裤已褪色，扑满白粉，裤管处凝起土块，脚上一双裹满尘灰的拼花鞋——是那个年代当兵的人的三件套。但何七父亲并非是当兵的料子，只是一个在田里蛮干、抽大烟的"浪荡子"。他脸很长，嘴唇又厚又翘，唯独眼珠子比驴强。他也是一个情绪极易激动的人，一激动脸部就直抽抽，连头皮都带颤。何七和他很像，我记得当时刚教完"有其父必有其子"这词，想着刚好能用上。在那之后几月，何七父亲又带何七来家中好几回，每次都是一样打扮，那辆大摩托都快擦光了皮衣。父女俩在楼下嚷嚷，奶奶怕他们损了门面，才将他们"请"上楼。他们每次待的时间都不长，但每次都被骂得狗血淋头，我避在房间里都能清楚听见他们在说什么。这年头，无非是缺钱。

我不晓得他们上上辈人到底有什么"深仇大恨"，每次见面都未能和和睦睦。对于何七父亲，有一次他留在我家吃饭，奶奶将他碰过的杯碗筷勺都扔入垃圾桶，后来也许舍不得，便拿去喂楼上的鸡。奶奶一边收拾一边骂咧，"mōu cào xiǎo"这类粗土话念一箩筐，让人以为真有什么不可原谅的事情。而对于其他几个姊妹，奶奶也不曾客气过。两个姊妹，市尾卖海鲜的老二，坂仔卖柚子的老三，也都闹过官司。其实也没多大点事，还是钱嘛。于是，名副其实那辈人最终仅剩仨。不懂。

奶奶在兔笼旁发现我，让妈妈把我带出去。外头鸡鸭篓子少许多，水洼沟里污秽物积成山，白的灰的绿的黑的，只长草稀落掩过，才勉强过得去眼。各种乐器，扬琴、钹镲、号鼓，早候外头叮当咔嚓响半日，戏子尖利哀婉的腔调从大喇叭中传出，唱词模糊不清，我忍住不去塞一边耳朵。男人们多站在门外田埂上，哈气抽烟，白雾裹白烟，巷外孩子还在嬉闹。主持仪式的师傅穿黄色道袍，手把铜铃，进屋招呼人出去，长幼有序，列成两长队。大伯在前头扬纸钱，我在后和几个人一起扛旗，再后就是何七。我们从山路绕到公路，一路上没什么车，只有鞭炮霹雳和挽歌长吟，两竿竹枝在风中摇晃，叶是灰黄成霜。棺在队伍中段，由四名大汉抬着，奶奶与她几姊妹分两侧跟走，脸上是已干的泪痕。棺上盖枣红色布，绣金边冥符，顶上立白鹤，是纸糊的。何七今日难得干净，头发温顺贴在额前，脸不油腻，眼神反常显得更明晰。她身穿黑紫色的羽绒服，黑色布裤，这都是阿太那年初冬买给她的。何七也难得安静，虽嗓门不改，也未吵嚷一路，只和姑姑一问一答。"你阿嬷那么疼你，往后没人管你，你要更懂事才是。""我知道。知道她对我好。""你那爹……""我好好帮他就是。"

如此成熟的话语我是头一回从何七嘴里听说，这不像往常的她。我好奇地悄往回望一眼，不知是不是错觉，当她谈到阿太，眼圈竟有些泛红。再细看，是黑眼圈，想必也没睡好。见我举旗举得吃力，何七便伸手将旗接过去，对我笑说："阿妹，我来吧。"我望望曾经对我说过一些关于她的事儿的长辈，一瞬间，内心里倒是有些愧疚，忘了说"谢谢"。

大约几十里路，到冥堂。冥堂用铁架和蓝布饰起，两侧是挽联，向外横梁挂白幅。木棺架在两把长木椅上，棺前是高桌，桌上摆放遗像。人在两旁分跪，密匝。葬礼仪式很是烦琐，我记不得细节，只听主持话语行事。四跪四拜四叩首，祭食敬酒定三行。儿女哭丧，戏子吊唁。女子无不泪簌沾衣巾。除了我和何七。我是哭不出来，也不知该怎么哭，就低头看着身侧渐渐变黯的土地，顺母亲的背。我想何七也是差不多状况，她又回到之前呆呆傻傻的模样，一直在笑，眼神里有怯意。

那以后，何七跟了她那父亲和与我素未谋面的她母亲。她总共来我家三次，说话比先前也稳重许多，少再咋咋呼呼骇人。有一次她还穿一条莹绿色裙子，是她爹用挑砖挑柚的钱给她买的。似乎是不习惯，她竟有些忸怩，手不知该放何处。听奶奶说，何七越来越懂人事，会帮爹娘操持家务。"她那傻子爹也是爱钱爱昏头，脚崴了也执意上山上工地，扛比别人多一倍分量，其实也多赚不了几个钱。这人就爱这样，还到处炫耀自己今日赚了几块几毛钱。谁稀罕他们家那点钱呢？现在走路倒是个瘸子。"

"又苦了何七这孩子。"

"不过这孩子毛病还是多，怪你阿太太宠她。她管不住那张嘴，天天还是'疯子傻子'叫唤人家。这是极招打啊！洗头也不安分。上次去店里洗头，号半天，骂人家半天，把那人吓得够呛。还是怪那混爹，以前老爱抓孩子头发，拖着就走……真是丢脸啊！"

"上个月，她妈出去找人聊天，天太黑，被车撞死了。"

"这父女俩也不知道哭。她爹帮她找人家，可她这样的人谁会要呢。"

"唉。"

奶奶没再说话，低头洗菜淘米。

那个孩子

转眼间已快入秋，雨水又开始时有时无地占据这方世界。我望着窗外的天空出神，眼前似有一支无形的笔，勾勒着他的模样：乌黑锃亮的头发带着些自然卷，眼角时刻都盈着笑意，洗得发白的背心，永远的蓝布夹克和中山裤。他站在那座蜜柚山旁，笑得像个孩子。

从我记事起，生活里无处不存在他的影子。他看京剧，他呷茶，他上树摘荔枝，甚至是他吃饭的样子……他总是最大限度地包容我，疼爱我。

小时候的我任性好玩，对于喜爱的东西绝不撒手。听说在我上幼儿园的时候，一次回家，我非要买一样玩具不可，他不肯，我便在自行车后座上又蹦又跳，结果车被我颠得失去平衡，我差点栽下车。那一刻，同时要摔倒的他扶住我，扭伤了腰。这种因为爱而本能的保护，是他告诉我的。当然，自那以后，爸妈都不太敢让他载我，怕他又被我整伤了。

后来他就去了安厚，和大自然一同生活。他种了一山的蜜柚，还有其他蔬果。每个月，他都会回来住三四天，然后给我带一篮的鸡蛋。吃饭的时候他总把好吃的往我碗里夹，还告诉我不能浪费粮食。他拿筷子的那只手一直抖，我好奇那是为什么，有时候吃饭也会偷瞟几眼，长大了也一样。他很爱吃零嘴，冬瓜条啦，冰糖啦，饼干啦，蛋糕啦，都是他的最爱。在安厚，他总会储上满满一柜子零食，在小溪他就无法为所欲为啦，因为有奶奶管着，不过他也是该被管，毕竟他经常不看保质期。

我和他的关系，与其说是长幼，不如说是朋友。他总能陪我玩，陪我闹，给我讲他当兵时的故事，给我讲道理，时光在他的言语中流淌，我在他的陪伴中成长，我以为还能这样。

两年前，他在父亲的陪伴下去了福州，一星期之后回来，头发已变得花白，双夹凹下去了一些，癌细胞已入侵。而后的几个星期，他都要跑到福州做化疗，我看着他一次比一次消瘦，然而每一次他看见我快哭的时候，总是叫我学会坚强。

也许我这一生都忘不了那个午后，我们坐在小院里，看着菜园。他把我的手捂在手里——熟悉的味道，烫得吓人。他告诉我，做人一定要懂得礼让，晓得万事别人为先，孝为先，不能忘恩负义；学习一定不能落下，好成绩才有好出路；别太常哭，眼泪是金，哭多了就不值钱了，要坚强一点。我不敢看他。我怕一看，泪水就真的止不住了。

那以后不久，他便渐渐地没有办法说话，只能靠声带振动模模糊糊发出几个音节。再慢慢地，他只能卧在床上，看着天花板出神。再后来，他便天天昏睡着，偶尔醒来一两次，很快又睡了过去。他的嘴总是半张着，似乎还要吐露些什么。那时候我们最怕听到的消息就是他快不行了，最怕接到的电话就是奶奶打来的。所幸的是，他熬过了新年，他至少步入了新的一年。

该来的还是来了，我们都知道。

送殡的队伍排得很长，仪式很隆重。

妈妈说，因为他是个好人。

他是在凌晨走的。

几时？我也不记得了。

不完美的你我

云雾一转眼变成阳光，溪水一转身变成图画，生活一转身变成笑话，一切固然不完美，但你仍是你，我仍是我，我相信我们都在。

——题记

暑假之后就很少看见他，几乎是没有的。我坐在车窗边看车山云抽丝剥茧，勾勒出一方旖旎，一边听母亲同我讲话。她似乎说他上星期来过，捧着一只咻溜溜爬的仓鼠，可我不在。我忍不住笑笑，还是那样喜欢动物啊。

他小我一岁，是我堂弟，人不高，瘦瘦小小。我们曾经一起生活四年，所以也算是彼此人生中第一个玩伴。

对于一起住的那几年，记忆早已模糊不清，当时都还小。只记得是蓝蓝的铁门，门中挂着一张福帖，类似"出入平安"。楼总六层，加上顶楼台子。台子上种花草，头上横着几道晾衣的竹竿。台子向阳，屋上有几块铁皮搭起来的棚顶，也是蓝蓝的，覆住半边阳光。似乎朦胧记得，那时候我们总趁着下雨，拎着两把小板凳爬到台子上——观雨。看着铁皮表面一层似欲胀开的雨膜，听着错落有致的拍击声。他伸手接雨水，手心积起小小一瓯，他把嘴凑近轻舔一口，扬起眉梢。他说，好甜。我点了点他的额头，笑他傻。

前一阵我又去那栋楼，那栋楼已翻新一遍过，现在姑姑在住。

去亲戚家遛弯对我来说是一件极不乐意且麻烦的事，我又不爱讲话，就找了借口到顶楼溜达溜达。顶楼没多大变化，只不过铁皮生了锈，花草也少了些。开了灯，角落胡乱堆着杂物，塑料膜勉强掩去半边，免受尘土之灾。我踏过与铁皮檐契合的小沟，隐约看见一辆蓝色小车。我小心翼翼地把它牵出来，手柄处的橡胶已发霉，黏糊糊，车头车身上的蛛丝在风中飘荡，似残秋的记忆。许久没人动了，这件对于我们来说的宝贝。低头随地扯了张报纸，慢慢缓缓擦拭着小车，直到它黑色瞳仁亮起。我看见两个小孩，黑黑一团，红红一团，轮流或争骑小车，小的那个在后退，大的那个总是使小滑头。

后来，因为父亲生意缘故，在我五岁那年，我们告别了那栋楼。但这并不会拉远我们的距离，我们总是三天两头往彼此家跑。有时父母不在家，奶奶就把他带来我家睡。这时我们是最兴奋的，有种“一日不见如隔三秋”的感觉。他拉着我到祖父房里，让我看祖父给他买的小乌龟。我不敢去碰它，怕它会咬伤我。那家伙可好，他用拇指和中指轻捏龟壳往上一提，就来吓唬我，害我被吓得满屋跑。但我并不是吃素的，我边跑边找着电灯开关，“啪”一声后猛关上门。我趴在门边上，屏气听着里面的动静，我以为他会哭会闹。但是没有。我开了一条小缝，借着光我看见他在浴缸旁蜷成一团，乌龟在水中吐着泡泡。我似乎赢了，打开电灯，走到他身边，他赌气似的噘嘴，喊他也不理。我在口袋中掏了掏，心中一阵窃喜，拿着大白兔奶糖在他眼前晃来晃去，他的表情立马大不同。我看着他把糖塞进嘴里，明明想笑还装着一副正经样：“嘿，这糖可是我一直都舍不得吃的，最后一颗都给你了。还不谢谢我？”

他是一个爱动物至痴迷的孩子。在那以后几年，他又养了鸟，养了兔，养狗，养鸡，还养仓鼠，甚至更多。他有一种魔力，总能让动物乖乖听他的话，建立哥们友谊。他对于动物的心，不管是哪一方面我都远不及他。记得有一次我家养了一窝兔，他得空就会过来看看，捎上一两根白菜或胡萝卜。后来兔子被炖了大补汤，他伤心好久。他会对许多事表示同情或消沉。折翼的鸟、流浪的猫、溺水的蚁群都能摄去他的魂。坦白说我并不能理解。他说他以后要做一个动物保护员。他很天真，我想。

他很有同情心，很善良，一副白净书生相，打不还手，骂不还口，体格又不占优势。总而言之，好欺负。我高他两级，又在同一所学校，伯父便嘱咐我多多"罩"他。有一次下雨，我做小巡查时看见几个孩子围在他身边，一人抢他的伞，另几个褪他裤子。他试图反抗，但太小。我不知哪来的勇气，三两步冲上去挡在他面前，冲着那几个小男孩警告，再闹我就告老师去。毕竟是低年级孩子，也就真信，悻悻地走了。他一直轻轻牵着我的手。就这样过了三年，他开始学会自己去处理这些琐事，也到了该独立的年纪。我告别了母校，如同当年告别那栋楼一样，只不过我们很少见面。见面又无话可谈，只是觉得他一次比一次稳重成熟起来。

祖父去世那晚，我们都在哭，我哭得很凶。他坐在对面低头刷着手机，长长的刘海遮住了他的表情。我知道他什么也没有看进去。大人们都到祖父房里料理后事，厅里只剩我和他。我哭累了，就靠在椅背上盯着密匝的人群发呆，小声啜泣。他走到我身旁坐下，握着我的手，温暖透着力量。"哭什么，你们女孩怎么那么爱哭。"他声音嘶哑。我抬起头，目光迎上他依旧瘦削的脸和红润的眼眶。我没有回答他，只是把头枕在他纤薄的肩上，骨头硌得我生疼。那刻我忽然觉得，他比我成熟。

母亲把我俩的相片都放在一本厚厚的影集里，封面上有我和他鬼画符般的幼儿字迹。一页页，都是时光之痕，岁月之迹。书的扉页是两个歪歪扭扭的小人，紧紧攥着手。

他说，你那时候好好笑啊。

我说，彼此彼此。

小小的你

　　还记得几年前一个夏天，你就这样出现在我的眼前。

　　那时候小小的你，让我忍不住疼爱。小小的鼻翼，小小的眼睛，小小的嘴巴，淡得瞧不见的眉毛。头发湿漉漉地粘成一团，脸蛋红扑扑的，柔软可爱。我把我的手伸向了你，你的手攥住了我的骨节。那么小，小到让我惊奇。

　　你似乎做什么事都很慢，但你很聪明，看过一遍的动作，便能模仿得像模像样。你很喜欢笑，摔到了，磕着碰着，只要搂一搂就没事了。你牙长得慢，却总爱吃东西。一旦有吃的，你就会凑过来撒娇。谁给你了，你就开心得手舞足蹈。你学爬的时候总是匍匐前进，有时候着急得只能在原地转圈，手脚乱抓。我看着你第一次走路，听着你第一声呼唤，看着你一天天长大，我懂得了什么叫姐弟情，那种感觉是无法替代的。我开始担心你的各种事。

　　有一件事，我想对你说一声抱歉，虽然我不知道你是否还记得。那一年，你大概三岁，我和你在客厅。你拉着我要一起玩，而我却执拗要看电视，把你赶开了。那个时候的我脑子里只有电视节目，哪还有你呢？我忘了你的好奇心，忘了你还不懂什么该碰不该碰，忘了那个角落，还烧着开水。开水瓶落地的那一刹那，你和我都怔住了。反应过来的我是去喊奶奶，而不是将处于热水之中的你抱起。而后，爸爸妈妈也没有过多地指责我，只是看到你被包成熊掌的小脚小手，以及过后留下的淡淡伤疤，回忆时还是会愧疚，会难受。你告诉我，什么叫责任。

今年你已经五岁了，也算是一个小小男子汉。你开始学会替别人着想，开始学会礼让。你是一个小话痨，还是一只不折不扣的小馋猫，任性，爱哭，搞怪。尽管如此，我仍喜欢你，不管你有多烦，因为你是我弟弟，我爱的人。

你是天上的太阳，我是天上的月亮，你照亮我的心房，我守候在你的身旁。

青草，鲜花，一点点

长城之要义

听见。看见。嗅见。

顺着我的感知，也淌入我的脉搏。一点点，明晰着跳跃。

撵着阳光，步子在城道上，阴影的地位随山林远去而愈发狭小。汗流浃背，特地穿上的宽松衣衫不可避免皱成一团，鼻尖有血腥与铁锈交杂的气味。我看看母亲，她也看着我，于是便有发丝滚着汗水，涨红的脸颊成为长城之上唯一影念。坐在小卖部外头的长凳闭目平息，风不知从何而起，眼下是层层叠叠的人群。

来来往往。一路上自然而然见到许多外国友人，或跃跃欲试；或气喘吁吁；或无奈摇首，笑叹长城之险之巍峨；或集聚在烽火台四周，赞叹这令人敬畏的长龙。遥遥万里，一眼无边，斑驳的砖墙，龙鳞熠熠，罅隙间千年血液依旧在指尖奔流不息。他们说，长城。

长城。我也同样喃喃自语，试图寻找到这座城墙在我心中确切的位置。从大脑中检索出记忆：孟姜女哭长城，那是一段悲剧；"烽火戏诸侯"，那是一场闹剧；但更多的是驻守长城拒敌护国的壮举……什么时候，"不到长城非好汉"口口相传，由老及少，由内至外，人群纷至沓来，为一睹长城风貌，为做一回"好汉"。人声喧闹，论景色，语关城雄壮。往昔筑城之辛却鲜为人提起。铁蹄来袭之时，这号称第一军事工程的城墙又阻挡住什么呢？朝代覆倾更迭，巨龙随其数次创痕累累，所聆听，依旧宫殿夜夜笙歌；

暗哑难语，劳苦者的身躯接二连三砸在它未完的脊梁之上。他们真正为它自豪吗？城下松柏低垂不答。

游客追随彩旗的步调停在半山，仰望可恰见危耸，俯瞰亦可体味苍茫。正是旅游的好地方。喇叭的电磁交叉唏嘘，他们说，长城是古代劳动者智慧与汗水的结晶，是中华民族与精神的象征。自拍杆闻言抻长脖颈，导游词瞬息间转为画外音。低垂的脑袋笑靥如花，搭上缆车心满意足离开这观景佳台。感叹的姿态，是简单离开一个古址公园的样子。买些纪念品，证明自己已经来到人们力荐之地，它的名字叫作"长城"。此后问及想法，仍是课本间活动的字句。庞大而雄伟的工程，熔铸了千万人身心，却在如今时代人群心中化为千篇一律且平凡的展景。此番大众景象怎不令人扼腕。

"把我们的血肉筑成我们新的长城。"在战火纷飞，人民难安的时代，长城是万众守土逐盗的无畏与决心，更是革命者坚定的信念。而在如今，无疑的是，长城拥有它新的时代含义。它不再是一种与外界的阻断，而是牵系中外的重要纽带。它因时代潮流推拥而凸显，但不能被旅游业发展所吞噬，而更应借此机会，深挖其积淀未现于世的无尽宝藏。故此，每位中国公民都应拥有一项共同意识：当我们站立在长城之上，看见，听见，嗅见，都不该仅仅止步于一堵绵延万里的城墙，止步于科技发展所记录的长城，譬如它人山人海，陡峭崎岖……这些远比不上真正的对长城的体悟。

我们，在震撼折服于长城的同时，更要思虑其过往，体悟其现在与未来。

欲长城不朽，则人之不锈精神，不休责任，即必当今第一要义矣。

习"容" 首行知

古常云："海纳百川，有容乃大。"颇觉有理。然观今日，"宽容即宽己"之意识已渐趋模糊。多是这样人，因利益驱使与前一秒其乐融融分享同盆青草者撕破颜面；由他人一句不顺己的话语大肆谩骂诋毁；对非社会主流之物枪炮交击，不堪言论于网络上大沸大扬。因原为何？

偶得胡适先生言论："饭桶者，盛饭之器皿也。其口大，其容亦大。有饭同吃，不独占私藏，开放且奉献。若中国人人如此，天下不乱。"这般"饭桶"精神必然值得倡导，可为何仍居存各类大战？利益可怖，会将关系推至深渊，亦会使其美化提升。重要的是人的格局及对世界的认知。如同针筒与筒针。筒针除去，方得多水。观国内，深圳前海、雄安新区已阔步昂行，中国于全球层面提倡构建人类命运共同体；国外于二战结束后，德方积极反省获得欧洲各国宽恕，大大促进欧洲各国发展；曼德拉总统在出狱后对昔日政敌大度宽恕，且积极保护曾经虐待他的狱卒。正因适时宽恕，西欧迎来发展的黄金时期，曼德拉赢得世界广泛赞誉。即如当年"六尺巷"，退一步海阔天空。

国如此，人之间相处何当不是？卢梭未成名前被订婚的姑娘当场羞辱，成名后重返家乡听闻姑娘处境艰难，并非嘲讽而是以匿名方式施以援助。今同性恋虽因时代发展被更多人支持认同，但社会主流思想仍不置可否。昔有南康白起，今发无数当年之悲剧。网络数不胜数不计后果的"键盘侠客",现实中层层累累压力,来自家庭,来自社会排异。许多事在实际上并非皆取决于国家,而是取决于这个国家的人群的思想。同性恋者如何选择是他们同样身为普通人的自由,我们有幸作为被当下社会认同的人应去理解包容,而非将其类群体简单化为精神病科中的一个专有名词。卢梭的女孩有过能被宽允,而同性恋者明明无过,为何需忍受无端指责与恶意?

　　故笔者认为,以道德法律为圭臬的前提之下,学会"容"为做人之根本。适当有理的宽恕与包容,不咬利益不松,摒弃排异思想,对个人乃至社会和国家发展将大有裨益。

架构虽简， 哲韵不凡

　　万物共生，天地共源。人于宇宙间之渺渺，幸因"共"而得以发声，携以结游。"共"字起源于商，历史悠久，影响深远。

　　观之，两横平稳，似纽带往外抻接。上居横是拥苍穹之得远瞩，下展笔是覆遍大地而得宽广。众知今日社会，习近平总书记提倡共商共建共享，引领中国同世界积极交好，建立合作伙伴关系。缘何？为交流互鉴，共促经济文化发展，因世界为人类共同共商。多元形势下，若执拗于单枪匹马，则必身负重伤，道难行远，明清之时中国因闭关锁国而最终沦为半殖民地，丧权辱国之下场即为史鉴。故今乃以"共"之纽带与世界相系，取其长处，各有所得。任正非面对美方对华为的封杀，所作回应并非抵御反泰然处之。其处事之时目光远瞩，为华为赢得更广阔市场与良好声誉的同时，亦为中国名牌形象更增光辉，因"共"而赢是矣。

　　移视，两竖笔挺略有帮扶之姿，是世界为人共同共享。遍布城市的单车为人出行提供便捷，亦为繁忙生活增添亮眼风采。而有序规的停放，则是为管理者减少一份负担，理性上的共享共情，有助于社会愈加积极美好。除此之外，随着电子科技水平的发展，人们的交往圈不再局限于邻里，而可居家得晓天下事。于是众筹类的公益活动接连应运而生——四方相助，使千万病者重获希望，拥有力量以抗御死亡；众乎集援，则万千笑面复生人间，不抱遗憾以乐终年。感动万人，温情扩展传递，社会因"共"美兮。

下行，两点对居左右，似半弓身者默默无闻，所出之力却不容小觑。昔日中国十四年抗战，中国共产党领导全体国民建立抗日民族统一战线齐力卫国抗敌，终迎来新中国成立，至今日一派繁荣昌盛，于世界民族之林中坐拥一席之地，同世界各国共建来日。《巴黎协定》的签订，是世界生态建筑之基，是人类对生存环境拥有共同美好之展望；经济组织的建立，是世界经济攀升之墙，是各国对经济前景光明之所托；维和部队在驻守，为战乱频仍之国带来军事援助，是世界对和平生活真正到来之坚定决心。在共建之中，世界一步步成长，携手共面人类之危难，是因"共"而强。

"共"字简单，易书易懂易实践。统数六笔，两横两竖两点，因双而生，可修己，可助人；字形及意义予人稳当大方之感，所以为人常用及赞赏。"共"字难理，难解难品难言会。因人而异，可是一种态度，一类情绪，或磅礴无息却可切肤深受的力量。因共中同而乐，亦因共中不同而乐。取长补短，深度交流，即共商共建共享。民族之心共，所以国家繁盛；国家之心共，所以世界和谐和睦。"共"字虽小，其背后所蕴丰富哲思，确值人细细咀嚼。

孤城里的国王

"我们有一块空地，不去问命运知道的事情。"

1956 年，顾城出生于北京的一个诗人家庭，父亲顾工在当时是颇有名气的诗人，出版有《喜马拉雅山下》《寄远方》等诗集，产量颇丰。因此顾城的才气有先天因素和后天生活环境的打磨陶冶。诗是一个人的灵魂，所以更为重要在顾城性格本身。顾城小时候习惯独来独往，喜欢将自己关在屋里，对白墙讲他所见所闻所想，王国在孩提时代已有雏形。五岁孩童没有复杂思想，灵感来源于自然。他对事物的痴醉，使其在八岁时便写下令父亲惊讶无比的诗句。寥寥两行中透露既有现象，又是敏锐的苦楚。"我失去了一只臂膀，就睁开了一只眼睛。"伐树为薪，再平凡不过的规律，却因顾城的两句表达有了生机。失去后获得了更大的希望，是年幼的顾城看待世界的方式。也自这首诗开始，父亲开始重视顾城每一部作品。他与生俱来的对万物敏感和对美、对童真的偏执和沉溺，成就这如童话般的人，也为他的人生埋下伏笔。

顾城只读三年小学，起初他和所有小孩一样，会以各种理由耍赖，但最终仍是败阵。孩子永远不明白为什么要上学，包括大人也不明白。只不过大家都习以为常淹没在所谓的生活里。我羡慕顾城所生活的境况，包括可以随心所欲要闹的时代。他可以任性固执，自私并明目张胆。他拒绝长大，拒绝进入大人的世界，与现实保持安全距离，用坚决态度与客观世界对抗，以自我方式奋力"置身事外"，不染凡尘，不食人间烟火。他选择自我放逐，甚至怀疑语言的真实性和可靠性，否定人与人之间沟通的必要性。在他二十五岁所写的诗中，仍用"你们"来称呼成年人，在他心中自己仍是孩子。

阖上《顾城诗传》，我知道他仍然是个谜。也许就像书中把他定义为一个纯粹的孩子，拥有亮闪闪的玻璃世界，拥有我们抓不住的心和可贵的任性。从出生开始，到死亡的一路上都是横冲直撞，不给人留以喘息之机。激流岛上的一切让人费解，字里行间让人费解，人好像也不容易。像很多人，因为"黑夜给了我黑色的眼睛"，所以成为对顾城的好奇者；最先听说也是他的自杀，然后是英儿，再加上百度百科。也因此很多人以为那样就是顾城，网上负面评价铺天盖地：渣男，直男癌，疯狂的，精神失常的，各式各样。

曾经看过一位网友，他说我们这些俗人，光看才华而忽略人品。那是否同理可证，当我们看到一个人的恶，就时常紧咬不放而压制他的美呢？他不过是比我们有勇气来逃离现实，不过是天赋异禀但脆弱不堪的不愿承认现实到极端的灵魂。固执着不想长大，妻子谢烨于他而言更像是母亲般存在，他对谢烨有无法摆脱的依赖。小时候母亲时常缺席，似乎导致他成年以后的安全感缺失，以及对"女儿国"的钟情和渴望。诗中字里行间对于女性的爱意是渴求，更像是一种可以肆无忌惮任性的权利，一种象征着沉溺的宠爱，他想把这些占为己有。于是外出必须谢烨陪同，不让谢烨穿衣打扮，害怕有人会将他的安全来源抢走。他爱谢烨，超越了婚姻，在他们相恋的七年期间顾城创作九百篇诗，占他一生作品的一半；谢烨也爱他，所以容许他任性妄为，甚至同顾城一起编纂《英儿》。这似乎可以解释悲剧的种种：顾城对于儿子桑木耳早期的抗拒导致谢烨的痛苦，导致"女儿国"崩塌，英儿离去，在大鱼来后他意识到谢烨已经不再属于他，一生心血毁灭，所以决绝选择死亡。

"顾城对生命，一贯漠视着，死亡似乎是他早就预料的方式，被记录在生命的记事本上。顾城的眼中，人们似乎是桩上之马，不停在打转，走不出自己画的圈了。而死亡是最公平的法则，从来不会饶过任何人，哪怕是一穗大麦。"

人本来就是复杂的，我们离顾城所生活的时代已经太远。他的人生我们无法历练，世界更是锁上铁链，非有心人不可触碰。不深入了解而道听途说选择远远观望，那还是不妄加评论为好。负面评价虽情有可原，但皆为片面之言。顾城成长得太晚，所以在想接回小木耳留下谢烨的时候，已经无法挽回。他终于被迫接受现实作一位父亲，走进他一直对立的世界告别"孩子"。写给小木耳的诗也是他的最后一首，在德国飞新西兰的飞机上完成：

> 我看见你的手
> 在阳光下遮住眼睛
> 我看见你头发
> 被小帽遮住
> 我看见你手投下的影子
> 在笑
> 你的小车子放在一边
> Sam
> 你不认识我了
> 我离开你太久的时间

我离开你
是因为害怕看你
我的爱
像玻璃
是因为害怕
在台阶上你把手伸给我

说：胖
你要我带你回家
在你睡着的时候
我看见你的眼泪
你手里握着的白色的花
我打过你
你说这是调皮的爹爹
你说：胖喜欢我
你什么都知道

Sam
你不知道我现在多想你
我们隔着大海
那海水拥抱着你的小岛
岛上有树外婆
和你的玩具
我多想抱抱你
在黑夜来临的时候

Sam

我要对你说一句话

Sam 我喜欢你

这句话是只说给你的

再没有人听见

爱你，Sam

我要回家

你带我回家

你那么小

就知道了

我会回来

看你

把你一点一点举起来

Sam，你在阳光里

我也在阳光里

《回家》这首诗不像顾城那些成名作品，朦胧又深刻，这是赤裸裸的父爱，一个父亲从心里发出的声音。在书中对于顾城怕小木耳这一说法的解释是，顾城有一颗玻璃心。但我想更多应该是因为他在那时并没有做好当父亲的准备。但是在他下定决心，满心欢喜告诉谢烨他要将小木耳领回来的时候，他以为谢烨很容易和他一样为这个决策感到高兴。但谢烨在那时的新生活已经萌芽，大鱼有成熟男人的浪漫，他给谢烨的是顾城给不了的生活。后来谢烨在离开时曾偷偷带小木耳一起。顾城以为，谢烨带走木耳是怕自己会伤害孩子，他说谢烨想让他死。

这是孩子任性的思维，于是他任性地把花园留在世人心中，也任性地套上死亡的绳索。顾城的死震惊整个世界。对顾城来说，当一个已经作为血液存在于他生命里的女人决定要离开，他用了一种极端的方式留下她，然后陪伴她，就这样。不知是不是爱情，但是已深自此，不能再歌。

顾城怀抱着最大的爱意和对这个世界一切美好的敏锐降世，也因爱意带着一身辉煌和复杂的情感追随离开。他躺在或许是鲜花烂漫，或许纯白如纸的王国，作孤城里的国王。

杂草丛生瞎子村， 味道苦腥羊眼酒

——读《还魂记》

我挑书有习惯：一看封面，二看感觉。《还魂记》刚好两点兼得，便被捎入箱中。不曾想，偶然相见，竟再离不开手。

在读《还魂记》之前，陈应松三字是闻所未闻。而读完《还魂记》后内心却只有一个想法：不品先生之作，必抱憾终生。

于我见，就《还魂记》一作而言，先生此人与此书皆可用四字概括，即朴、奇、利、诡。

为何是此四字？具体有二因。其一，自是其背景及故事。早前作家大都爱以乡村为场景来写作，写村景、村事、村人。一般来说，此类题材所体现的主题基本上都离不开美好和睦二词帮衬，艰苦幸福是常态。而先生虽是同题材创作，却又大胆尝新，其所用描写手法与对象与他人大有不同。在一次《时代周刊》访谈中，陈应松先生有一段话如此说：

> 我之所以这样写，写成如今的样子是有缘由的。我自己就是个底层人，各式各样的工作我都干过，各式各样的生活我都经历过。我出身于普通家庭，我家父母和两边的亲戚，翻出八代也没有一个有"出息"的。这样不进入文字记载的人是人类中的大多数，所谓底层，就是这类人，他们的一生，

从某种角度说，确如蚂蚁的一生，跟一片枝叶的一生没有两样。我熟悉这样的人，对这样的人充满感情，我不写他们，我就没有写作素材。我所写的底层就是我自己的生活和世界。①

先生所塑造，是悲戚荒乱之村，是恍惚萧索之魂，是亡景与亡人。而这种鬼魂叙事并不少见，如《百年孤独》《浮士德》《神曲》等巨著，以及我国的魏晋志怪小说与唐宋传奇中皆有所现。此书能够在众多亡魂小说中占有一席之地，其所表现的中国式魔幻现实主义我想应是一有力理由。陈应松版死亡叙事以一个"虽死犹生"的"类活人"身份去参与乡村日常生活，如参与驱逐放火少年五扣，与少女狗牙恋爱。《还魂记》里，梦中故乡黑鹳庙村的"秧田漠漠，白鹭飞"早已变成"道路破碎，村庄杂乱，畜禽肮脏"，村民皆因喝了村长家结婚筵席的假酒而都成了瞎子，黑鹳庙村成了名副其实的瞎子村，然而颇为吊诡的是，目盲的瞎子们可以如同明眼人一样行动如常，嗅觉比猛兽还敏锐。燃灯进入这个荒诞的乡村世界，见证并参与了黑鹳庙村所有的罪恶、杀戮、暴力、凶残与荒谬，而期间所发生的故事，无不是过去和当下乡村里最为常见的纠纷、矛盾和挣扎。坎坷且碎片式的故事情节、独特人物塑造和语言描写是短小利刃，撕扯解剖出人性天生丑恶的一面：多疑、善妒、粗鲁、低俗。这些现象在陈应松的小荒村里表现得尤为强烈。

二为其语言。先生所写之文，全非华藻，多如同平常对人叙事，处处是精华。还魂，魂归，游离生地如陌地，生死羁绊纠葛混谈。燃灯自水里生，又从水里归，最终湮灭于明火。"整个乡村像个浑浊眼球，充斥着瞎眼和明目、水与火、野猫与水鳖、人与鬼、少女与寡妇、阉人与鳏夫、兰草与芦苇、乳房与坟墓。坟墓耸在门口，门内坐着长着乳房的女人，坟墓就是乳房，坟头就是乳头，一个死时动土，一个生时出汁。陈用这一组相似物象消融了生与死间绝对界限。"②另，用低俗粗鲁语言描写来渗入小说且为其添色之手法，在很多文学作品中皆有过。但在粗俗中又不乏情感，先生还是第一人。文中有怜悯悲凉，亦有温情和火光。它甚至能让人为其落泪，深陷其无法自拔，有些语句是你不需要刻意品析，就能体现其中令人欲罢不能的多彩神秘之境。读完全书，耗时三月，且是浅读未品。许是认知尚为浅短，也是一种喟叹和怅然。叹于其之奇，怅于其之哀。"书中亦充满了古老的词汇，苔草、鳖蛋、黑鹳庙、鬼虫、土怪、兰花、山精木魅……仿佛这些词身上长满了青苔。同时书中又充满最为现代的词汇，微信、三鹿奶粉、《荆楚都市报》、劳力士、上访……现实权力对乡土的反复蹂躏跃然纸上。在两者之间，一切时代的词汇都在书中被一一呈现，有一千年前的，有一百年前的，有建国之后的，有开放之初的，有我们熟悉得不能再熟悉的，也有楚地特有而只能意会的。"③通过书中喷涌而出、连绵不绝的词汇，我们可以感受到先生的目光，如同高速相机的镜头，对准"腹地""深处"，也就是最不被关注的当下的乡村，极力呈现出贫困绝望之下最为生动、野蛮和原始的一面。从这个意思上说，不能简单视这部小说为一次虚构，它有极为真实的一面，是一副广阔而隐秘的乡村的风情画，一次全景扫描。

而其奇诡之处，在前文也有体现，于此再略述几点。

一言。全书分上中下三部，上为"火舌"，中为"守灵夜"，下为"莲花盛开"。以意象行文，一标题一故事，看似杂乱无章，实是具备密切联系且富有深意，就像青烟，缕缕而出，将散未散，为文章蒙上一层迷雾。阴阳两界、花草树木、人兽虫鱼，泛神泛人，都能交感互动，自由无缚，仿佛一体。"月影幢幢。村庄终于熄灭了最后一盏灯光，萤火虫也躲在瓜叶下休憩。孤零零的水塘依然睁着它们惊恐的眼睛，夜不能寐。湖岸荒芜蜿蜒着的微光，是人们梦境的灯。那些颓圮的墙，坍塌于他们心灵守望的尽头。数不清的亡灵，用亲切的目光重新复活。大地的这座牢狱变成无尽的大路。许多美好的愿望，像蜘蛛一样，在露水中勤奋结网。野猫在急切呼号，声撼旷野。它们是醒着的村庄。"④这是我很喜欢的一段话，而事实上也读得不是很懂，只是觉着它富有画面感，安静又神秘，似乎是绝望里头隐含希望的一种心情。这便是陈应松的文字。他总是能有独到方式让不存在的变为存在。

二言。其实先生于我个人来说是投缘。当初选择这本书是因其离奇诡谲文字刚好投我所好，才带回品读。初始读时，我便被一个信息量庞大且从未接触的世界所拴住：野物成精，人性变异，欲望放纵，尔虞我诈，生死缠绕，树影朦胧，精灵遍地。先生的大胆和天马行空令我不得不为其低头与惊叹，而我也是第一次，在读书中体会到了写理科作业时才有的迷茫和痛苦。有时读完几章，放下书合上眼，脑子里还是挥之不去的故事情节：有年年撑着红伞等候死去女儿亦为他人上坟的寒婆，有畏惧蛇半傻半癫的村长，也有在野猫湖里撑着白伞的无脸姑娘，各式各样的啸叫充斥耳旁。《还魂记》中的绝大部分风景文字，都充满一种根本无法排遣的紧张、焦灼与绝望感。这些就像报告厅墙上攀满的爬山虎盘满我心。

三言。《还魂记》虽然出世年纪不大，但其影响与魄力我想是不会因时间长短而被掩盖。假以时日，或许真的能够成为如《十日谈》这般世界亡灵小说之著。一本书反映一个社会，对于《还魂记》，"它直刺社会的两大痼疾——社会体制的不合理以及人与自然的二元对立。当对立达到了极致，就可以看到满纸皆是死亡与坟墓，遍地都是幽灵与冤魂，黑鹳庙村的时间似乎永远停滞在生生死死的瞬间。透过死亡，可以看清生存本相，使灵魂得以皈依，毕竟只有死后才能真正实现人人平等，亡魂叙事实则是从死亡中寻找灵魂的重生之路。在《还魂记》里，作者陈应松关注的是人性的受困，于是他通过数量众多、形态各异的神秘意象召唤现代人对生命、对自然、对宗教、对宇宙应有的敬畏感。呼请神性是《还魂记》的鲜明特点，面对这个荒诞的世界，我们都是荒诞世界的病人，无一可以脱罪，燃灯作为代表，他背负灵魂的原罪跋涉在返乡路上，他的归家作为一桩精神事件，是被放逐的罪人对于家园的寻找，是饱受此岸痛苦的凡人对于天堂彼岸无法遏止的向往冲动。'归乡''还家'并不是最终归宿，而是寻找生命意义的必经之路，在这条漫漫之路上，需要一盏信仰的明灯刺破黑暗、指引方向。"[5]

终述。

注释：

①http：//blog. sina. com. cn/s/blog_ 4f94c62d0102w064. html

②https：//book. douban. com/review/9056953/

③https：//book. douban. com/review/8503295/

④⑤https：//book. douban. com/subject/26832479/

不知道取什么小标题，那就——晚安吧

闲　言

准备像蜘蛛勾满一屋子的萤火虫
准备像山羊捣乱一庭院的杂草
然后喂饱七只绵羊，听你轻轻哼唱
老红，二橙，三黄，幺紫

打开窗告诉女孩那是朝露
如当年她牵着他说这为夕阳
然后吻上是你结过霜花的发梢
和抚掠青春的睫毛

巷

小镇的南方，
有一条小巷，
悠游又绵长。
她忙忙而碌碌，
招待着过往不绝的人家。
倾城第一缕阳光抚过，
厚重木门上光与影斑驳交织。

巷心繁闹嘈杂，
小贩吆喝，锁匠叮当，
儿时歌谣蹁跹。
巷尾酸甜的糖葫芦，
糖晶上沾染点点夕阳，
留驻着孩童垂涎的目光。
红玛瑙攀结在细细的竹签上，
串起了巷里巷外的浓浓乡韵，
牵起了乡里沉醉的陈年旧情。

我想一步一步靠近你

一

晴天，雨天，下雨天
我撑着伞哦——拨通电话
假装的啦！
步过：
石桥，月台，火车站
停下来的时候，
我尝一块糖酥，一杯龙井
一碗酒酿圆子。
圆子里有红豆，
红豆里有南国。

我告别了呀
雪雪雪——但我已经不需要那三片
可爱的春景——雨雨雨

伞檐碰到了一起
于是，
我 找到了你。

二

墙上的挂钟　吟唱

呜呜的　是火车的汽笛

太久远

笔下的便笺　摇曳

尝不到睡意的欣喜

原来夜已过半　姜黄色的蝴蝶印花

直射下三分之一的暖洋洋

咖啡冒着热气

磨秃的笔尖在倒数

是你送的羊毛毡

墨绿色的方铁盒子那头

却又杳杳　无音讯

遥遥　攀轻灯

等来寄

请别在意　多姿的风信将告诉你

鸢尾的花期

蓝英彩的白昼

是我遇见你的最妙时机

下一秒

我是一个快递员

在某一天机缘巧合中　记下你的名字

忘记你的号码　站在榆树下仰望

你编过阳光　浸出彩虹

点缀着无数行星的头发

猜想　你一定看见　躲在纸盒角落里

嬉嬉闹闹的鹿群　与不知疲倦的归鸟

泛着朝霞般的波浪

在森林中穿游　漫溲

是昨日才采下的茉莉

华容多姿的玫瑰　此刻也应当谦让些许

她们不该扎破　埋在底下的

一千零个气球　膨胀的白昼啊

下来

五彩斑斓的鱼

恕我冒昧　也请你不要生气

弄脏你温馨的阳台

它们会像泡沫一样消失　在夜晚时

如果你愿意的话　只会留下绚烂的烟花

悄无声息　同你一样　烂漫美丽

于是

所有的事情便会如你所愿　因为我已收到

你的讯息　那一眨眼

从此挂满我一千零一个日夜

看你成长又老去　忘记这一份

卑微的献礼

最后一个漫漫长夜

让我替你想起

曾告别的， 将开始的

俯视　两团绒　灯白色的
是刺猬　闪动在城市森林　一点点黑
大概也藏浆果抑或小卖部里六元钱一袋
圆滚滚的巧克力
抹茶有绿　榛子带点树枝断口的
五芒星的色彩
却凝望我　不吐
海床上梭子鱼的繁华
拥有闪电一样的快活
又　强诉忧愁
不过思念　岁长梦多
幕帷中谁　支起的墨迹逐渐高
哒　哒哒　呼吸起伏
吃了一惊　满树万里凤凰
赤橙黄间　溅落
既往复来的
秋耶
贯袖有风

片　语

习惯立体五树
硬硌指尖之触感
酸涩眼角之厌缠
却不曾想得

在桌里
棕黄灰褐
波漾花纹路
如细密鱼群
也如大风后
余味消息之踪迹

在笔尖
灰黑蓝红
由浅至明晰
色彩交绞勾勒
另一方旖旎

万物呵
树叶狂卷　风云变幻

也习惯

或哭或笑

或悲或喜

不逊人　千种变化

在时钟

时

分

秒

毫

数帧影轮转

相遇　相逢　相离

如牛郎织女

遥盼一年

等待

几十几百

几千几万　几

秒

不过为一瞬

一眼

拥抱后

就是

再一年

散行记

一

阳台玻璃窗　　是两蝇交尾
雄小躬于上　　雌大俯于下
在风中轻振　　却不闻风声
细小毛腿　　缠绕　　挣扎
斑驳羽翼　　浅闪　　磷光
一副丑陋面相
白背　　蓝背　　黑头　　红眼
无平日吵嚷　　只细碎动响
衣杆勾至手　　轻扬　　重落
不见踪影
地上　　蓝液　　一具躯壳

二

夜入黄蛾　　拇指长
皆惊惶
女儿声三奏　　琵琶古筝　　弦飞
急递书　　当机立断

墙无血色
是黄粉残翅　十厘米
音仍续

三

灰白楼梯　有

灰白　猫

肥大　偏头　咧嘴

是大口　血盆　利牙

尾似羼蟒

毛乱　如蒲英

绽　几朵

黄瞳金眸

皆没晨曦

再无忧

人面兽心

残

午归

四

"欸，你知道吗？学校那猫死了呀。"

"是吗是吗？"

"是啊。唉，可怜呢。血淌一地。"

"天，真够可怕……后来？"

"谁知道？喏，在那儿。"

"猫好像，真挂了。"

"怎么会?!"

"真的，有人拍照。听说是被砸死的。"

"闲得慌。"

"唉。"

……

五分钟后。

"喂，别闹啦!"

"那个某某啊，这怎么弄?"

"看那! 那里啊!"

地上血迹已干得透彻，人们从那段楼梯嘻哈来往，大概记忆中早没那只家伙的身影，贪吃又挑嘴，穷潦却大爷。算日子，也两礼拜。不过是随处可见的生命，是要令人时时提防，以防一不注意就会命归西天的存在。有什么好缅怀。大概都这样想。

总是在某些事上渺小。

三生有幸

一

我幸

在每天清晨　惬悦

阳光溢满手心　暖的

夏风拂过脸颊　绵的

三薄圆叶缓吹

白粥泛涟漪　散一头云晕

温良白开下肚

如洗礼而重生后　畅爽

荷包蛋金黄焦边　盈在盘中蓝雕刻花

酱油香萦皮尖　醉人

爸爸拍拍我的肩

弟弟捏捏我的脸

幸

裹在举手投足间

二

我幸

在每月午后　慵懒

阳光倒映窗帘　几重

弹珠圈住流彩　千连

没有讨厌巴士

没有燥热气息

墨香在书页迷离　若有若无

过去在时间留藏　滴答点晰

酸奶细腻是爱发酵

偶尔

妈妈牌椰奶仙草

奶奶牌绿豆汤

幸

尝在习以为常间

三

我幸

在每季傍晚　安适

厨房瓷器啷当　清脆

是不腻而贪得之曲

孩儿玩物在地　演绎

是不逊于金榜巧剧

童意童颜

母子观影欢声相染

母不识　何作

子答曰　无妨

乐意待解

幸

于境　于心

四

我幸

是祖母唠叨　祖父挂念

我幸

是母亲温柔　父亲幽默

我幸

是幼弟搞怪　长辈关怀

此乃

三生有幸